BBC
DOCTOR WHO
Silhouette
侧 影

（英）贾斯廷·理查兹 / 著

王 爽 / 译

新 星 出 版 社　NEW STAR PRESS

DOCTOR WHO: Silhouette by Justin Richards
Copyright © 2014 Justin Richards
First published as Doctor Who: Silhouette by BBC Books, an imprint of Ebury, Ebury Publishing is part of the Penguin Random House group of companies. Doctor Who is a BBC Wales production for BBC One. Executive producers: Steven Moffat and Brian Minchin. BBC, DOCTOR WHO and TARDIS (word marks, logos and devices) are trademarks of the British Broadcast Corporation and are used under licence.
This edition arranged with Ebury Publishing
through Big Apple Agency, Inc., Labuan, Malaysia.
Simplified Chinese edition copyright:
2018 Chengdu Eight Light Minutes Culture Communication Co., Ltd.
All rights reserved.
The Cover is produced by Woodland Books Ltd.
著作权合同登记字字：01-2018-4726

图书在版编目（CIP）数据

侧影／（英）贾斯廷·理查兹著；王爽译.—北京：新星出版社，2018.8
ISBN 978-7-5133-3174-6

Ⅰ.①侧… Ⅱ.①贾… ②王… Ⅲ.①科学幻想小说－英国－现代 Ⅳ.①I561.45
中国版本图书馆 CIP 数据核字(2018)第 160093 号

侧　影

（英）贾斯廷·理查兹 著；王爽 译

责任编辑： 汪　欣
特约编辑： 姚　雪　余曦赟
责任印制： 李珊珊
装帧设计： 付　莉

出版发行：	新星出版社
出 版 人：	马汝军
社　　址：	北京市西城区车公庄大街丙3号楼100044
网　　址：	www.newstarpress.com
电　　话：	010-88310888
传　　真：	010-65270449
法律顾问：	北京市岳成律师事务所

读者服务： 010-88310811　service@newstarpress.com
邮购地址： 北京市西城区车公庄大街丙3号楼100044

印　　刷：	北京利丰雅高长城印刷有限公司
开　　本：	910mm×1230mm　　1/32
印　　张：	7.125
字　　数：	90千字
版　　次：	2018年8月第一版　　2018年8月第一次印刷
书　　号：	ISBN 978-7-5133-3174-6
定　　价：	34.00元

版权专有，侵权必究；如有质量问题，请与印刷厂联系更换。

致艾利森,一如既往。

序

马洛·哈普沃斯把最后一天下午的绝大部分时间都花在了霜雪集市上。一月的风冷得刺骨，他能感觉到胡子结霜时的那种刺痛。雪在他脚下轻快地嘎吱作响。一只雪球从他耳边飞过，他笑了笑，还朝那个跟小伙伴扔雪球的小孩挥了挥手。

他在路堤上站了一会儿，滑冰的人在威斯敏斯特宫前方结冰的河面上，划出一道道弧形的痕迹。他呼出一口白气，那团雾气就悬在空中。他一边听着年轻人的愉快说笑，一边回味着年轻的美好。无忧无虑真好啊，哪怕只有一小会儿也很好。哈普沃斯决定了，这个下午就远离书房，等明天早上再回去。

河面更远处就是霜雪集市。它搭建在泰晤士河岸边，一直延伸到冰面上。集市上有很多帐篷和摊位，还有各种表演和广告。哈普沃斯玩了扔木球砸椰子的游戏，不过他怀疑那些椰子是固定在木桩上的。但他并不介意。他看到一个人踩着高跷，一边稳稳地在雪地上走着，一边表演杂耍，先是抛接木棍，然后又抛起火把。他吃着滚热的栗子，差点把上颚都烫伤了。

小摊上的东西琳琅满目，从木雕动物到玛芬蛋糕，再到脆太妃糖和蕾丝手帕，无所不有。在一连串摊位的尽头，他看到一个指向"珍奇嘉年华"的牌子。那个"嘉年华"搭在离霜雪集市稍远的地方，似乎是个马戏团、卖场和展览会的集合体。哈普沃斯给看门的少年付了一便士作为入场费，然后就在嘉年华里闲逛，他深深地被吸引了。

有个强壮的男人腰上缠着一块布，上半身布满文身，满脸笑容地舞弄着几只健身球。一个吉卜赛女人坐在桌边注视着水晶球。还有很多的帐篷，各自都打着广告，像是"神奇胡子女人""正宗狼孩""不存在的生物——超自然的存在"之类，此外还有很多吸引人的有趣小表演。哈普沃斯又花了几便士，去体验不同的表演，有的让他大笑，有的让他心生恐惧，还有的让他赞叹不已。

最有意思的是影子戏。当初在印度和远东地区的时候，哈普沃斯就观看过这种类似的表演。走进最大的那座帐篷时，他忽然感到一阵忧虑——这场表演会不会只是拙劣地模仿了他记忆中的艺术表演？会不会只是毫无意义地照搬了他年轻时代最喜欢的技艺？他在一个流着鼻涕的女孩和一个满身麦芽酒味且打着呼噜的男人之间坐下。片刻之后，他就忘记了周围的人……

电话铃一直固执地响着，卡莱尔估计是债权人或某位警官打来的。他惊讶地发现，自己的主人正站在门口的台阶上。卡莱尔很少见到哈普沃斯先生如此心不在焉。雪地上反射的苍白月光照着他的侧影，他正不安地喘着粗气。

"谢谢。"他小声说着，从卡莱尔身边挤了过去，进入门厅。

"你还好吗，先生？"男仆觉得自己有必要问一句。

"什么？嗯，很好。不过我看见……"哈普沃斯摇摇头。"你不会明白那些东西。该怎么办呢？"他心想，"到底怎么办呢？"

哈普沃斯又沉默了，他站在楼梯下方，似乎不知道究竟该不该上楼。

"有一些消息，先生。"卡莱尔希望能打破哈普沃斯这种恍惚的白日梦状态。

"消息。"他的主人重复道，"嗯，当然。消息。我会马上给她送信，告诉她我看见了什么。"

"先生？"

"笔和墨水。"哈普沃斯用力点头说，"到我的书房来。我要把今天下午的事情详细记录下来，然后你就去送信。立刻，马上。"

"好的，先生。我能否问一句，这封信要送给谁？"

哈普沃斯已经快步走进书房了。卡莱尔跟着他进入那个宽敞的房间。书房里有一扇很大的窗户，每一面墙边都排列着高及天花板的书架,煤气灯安装在书架之间,柔和的灯光洒在了房间里。房间中心有一个很大的地球仪。屋子一端是哈普沃斯的书桌,另一端则是一张摆放玻璃水瓶和杯子的小桌。哈普沃斯径直走到桌边,从托盘里取出一张信纸,把它放在吸墨纸上铺平,然后打开抽屉,拿出笔和墨水。

"先生?"卡莱尔适时地问,"你要我送的那封信,是写给谁的?"

哈普沃斯抬起头,他的眼睛里一片阴郁,双颊凹陷,拿笔的时候手指颤抖不已,"还用问吗?当然是送给那位大侦探啊。给瓦斯特拉夫人[1]。"

卡莱尔不禁颤抖了一下。他去过主祷文街[2]。哈普沃斯认识瓦斯特拉夫人,那位夫人有时候会向他请教一些学识方面的问题。卡莱尔觉得那位戴面纱的夫人冰冷冷的,还有些令人不安。

"我现在必须赶快写完这封信。"哈普沃斯再次说,"你先退下。写完了之后我会摇铃叫你的。"

他说这话的同时放下笔站了起来,跟着卡莱尔走到门口。等男仆一出去,哈普沃斯就立刻关上了门。接着,卡莱尔听见钥匙在锁眼里转动的声音。卡莱尔这时候才忽然意识到,主人现在真

---

1. 博士在19世纪的朋友,是一个蜥蜴人。她和后文提到的英国姑娘珍妮是博士宇宙中"福尔摩斯"和"华生"的化身,首次出现于《神秘博士》新版剧集《贤者之战》中。
2. 英国伦敦的一条街道,瓦斯特拉夫人就住在主祷文街13号。

的非常害怕。

哈普沃斯把书房的百叶窗关上并且闩好,然后拉上窗帘。他又检查了一下煤气灯里的煤气并将灯打开,同时努力让自己的神经平静下来。

他在桌边站了片刻,然后坐下。将大衣从肩上抖落后,他把衣服搭在地球仪上。最后一片雪花也融化了,但衣服上依然残留着一小块白色。有个东西从外套口袋里露出来,哈普沃斯摸了摸口袋,取出一张珍奇嘉年华的入场券。门票湿透了,脏兮兮的。当他把这张门票掏出来的时候,另外几张更小的纸片也被带了出来,散落在光亮的木地板上。他弯腰捡了起来。

是三张雪白的纸片,每一张都折成独特的鸟的形状,而且折得非常好。更加令人赞叹的是,这几只纸鸟都很小,只有几英寸[1]长。哈普沃斯把纸鸟和嘉年华门票一起放在书桌上那把华美的裁信刀旁边,然后在桌边坐下。在写信前,他整理了一下思路。

一阵微风吹动了折纸,那纸质的鸟儿仿佛要拍动翅膀活过来了。哈普沃斯看着窗户——毫无疑问窗户是关着的,百叶窗和窗帘都紧闭着。他皱起眉头。

---

1. 1英寸=2.54厘米

卡莱尔在门外等着,他不知道该干什么才好。他不知道哈普沃斯先生要在书房里待多久,但他也不敢走太远。主人随时都有可能需要他。

一声尖叫突然传来,在门厅处回荡不已,厚重的书房门也没能阻挡这声音。叫声持续了很久,最后变成了痛苦的喘息。

"先生?"卡莱尔喊道,"哈普沃斯先生?"

门依然锁着。卡莱尔用肩膀撞门,借着恐惧和紧急情况下爆发出来的力气,他连撞三下把门撞开了。伴随着木头门框破裂的声音,他跌跌撞撞地冲进屋里。

哈普沃斯还在书桌边,但是已经整个儿趴在桌上,身体朝一侧扭曲。他的一只手绝望地摊在桌上,手指紧紧地握着,关节都凸起来了。他的眼睛瞪得大大的,卡莱尔站在撞坏的门边,看着那双眼睛毫无生气却充满恐惧地盯着自己。

他面前的纸上只写了一个名字:瓦斯特拉夫人。信纸被染红了。

卡莱尔惊恐地环顾四周。除了他自己和哈普沃斯的尸体外,房间里空空如也。窗户紧闭着,还反锁了。他撞坏了唯一一扇门才得以进入。

锋利的金属裁信刀刺在哈普沃斯的肩胛骨之间,血仍然滴淌不停,一直流到桌上,把吸墨纸染得猩红。

1

酒馆里很拥挤。人们都挨挨挤挤地站着,几乎要踩到彼此的脚。但在酒吧尽头的角落里,却只站了两个身型健壮的人。大家似乎形成了不能靠近他们俩的默契。

里克·贝拉米整个人都怒气冲冲的。他的脸永远是生气的表情,他的双手永远握成拳头,只在拿品脱杯喝酒的时候才松开。他的站姿总是一副拳击手那样很吓人的样子,说话的语气也不和善。

"一便士!"他朝吧台对面狠狠地说,"哼,当时我觉得那里头肯定有好东西。但结果却只有给船夫看的垃圾玩意儿!很多摊位和表演,以及怪胎秀展览之类的,可能还算有趣吧。但是一便士啊!什么珍奇嘉年华?我看是抢钱吧!"

"看你这么生气,应该真是抢钱的吧。"贝拉米的同伴说,"你是不是去把那片场子给砸了,然后还要求赔偿来着?"

贝拉米一口喝干自己的那杯酒,重重地把杯子放回吧台上。"其实没有。"他说,"但我把自己的想法告诉他们了。我说了我的意见，明确表示我非常生气。然后就当吃了个教训，回来喝酒了。你要再来一杯吗，斯塔克斯[1]先生？"

"我来请吧。"斯塔克斯先生喝完自己的酒，但是并没把杯子还回去，他顺手把它捏得粉碎，杯子炸开，一片碎屑和渣子飞溅出去。"酒保，"他朝吧台对面喊，"再来两品脱[2]！"

女服务生叹了口气，从客人身边走开，去拿啤酒。

"你今晚不工作吗，斯塔克斯先生？"等酒水的时候，贝拉米问。

"我的女主人有事走了。我拒绝和她一起去。快速战略评估显示，你会来这家酒吧。"

"多谢你来陪我。"贝拉米说。然而他脸上还是一副皱着眉头生气的神情。

"你总是在生气，我觉得这很与众不同。绝大多数人类都把自己的怒气隐藏起来。我们稍后或许可以比试两招。"斯塔克斯满怀期待地说。

"今晚不行。今晚我喝多了。而且我明天下午要参加一场赤拳格斗比赛。你可以来看，在黑修士区[3]。"

---

1. 博士在19世纪的朋友，是来自桑塔星的克隆种族。他们骁勇好战，身型矮小健壮。首次出现于《神秘博士》老版剧集《时间勇士》中。
2. 1品脱=568.26毫升
3. 伦敦中心的一块区域，得名于穿黑色斗篷的多明我会（天主教托钵修会的主要派别之一）。

"啊，竞技运动！"斯塔克斯点点头。由于他没有脖子，所以点头的时候整个上半身都在动，"我会去的。你要杀死多少个黑修士？"

等到斯塔克斯和贝拉米聊完天，酒吧里已经没几个人了。正如斯塔克斯自己所说，他觉得贝拉米令人耳目一新，和寻常人类不一样，因为他的每一个字、每一个表情、每一个动作里都充满了怒气。斯塔克斯其实不是人类，而是更加强大的桑塔族克隆战士，目前暂时给一个史前蜥蜴女人充当男仆，这些事他从未告诉贝拉米。不过就算他说了，贝拉米多半也就点点头，狠狠喝一口酒，然后抱怨东区[1]环境差，或者抱怨政府无作为。也许还会抱怨自己穷，眼下没法儿去找收入高的工作。还有可能抱怨啤酒太贵。这两位都不懂何为友情，然而要是让他们列举各自的朋友，他们多半都会出现在对方的名单上。

就贝拉米来说，斯塔克斯多半是出现在朋友名单上的唯一一个名字。

他们两个在酒馆外道别的时候，贝拉米说："明天黑修士区见。"

"的确有这个可能。"斯塔克斯表示同意。他拍拍贝拉米的后背，害他差点摔了一跤。贝拉米身材很高大，比斯塔克斯高出

---

1. 指伦敦东区，在维多利亚时期，这里聚集了大量贫民和外来移民，是拥挤的贫民区。

一个头，肩背几乎也和他一样宽——很少有人类能够在跟斯塔克斯打架时撑上几秒钟。"我跟无头僧侣[1]战斗过。"斯塔克斯对他说，"几个黑修士肯定不在话下。我们最好提前碰头，讨论一下战略。"

"行吧。"贝拉米同意了，"晚安。"他拍拍斯塔克斯的后背，也想把他拍一个趔趄，可是斯塔克斯根本没感觉到，换别人早就摔跤了。

斯塔克斯看着贝拉米的身影走远，渐渐变成煤气灯下一点模糊的影子。然后他转身往主祷文街走去。天上又下雪了，几片雪花缓缓落在他黑色的外套上。斯塔克斯不怕冷。他在想回家之后要做的事情：监控系统一定要准备好。他的爆破枪可以去除电离子然后再充能了。他要检查门窗的锁，看是否有试图入侵的迹象；然后还要洗衣服。

贝拉米在路上走着，夜里的寒气让他的头脑清醒起来。雪越下越大，渐渐堆积在马路上，同时也落在他宽厚的肩膀上。街道非常安静，但这是伦敦，伦敦很少有安静的时候。一辆夜班马车匆匆驶过，马蹄和包着铁片的车轮在石子路上发出咔嗒咔嗒的声响。一个浓妆艳抹的女人站在小巷入口冲他笑，露出宽宽的牙

---

[1]. 博士宇宙中一个非常神秘的宗教派系。他们相信心灵而不是头脑，所以自愿将头砍掉，装进盒子里。

缝。贝拉米没理她。

又走了一段,当他经过一大片工厂建筑时,在另一条窄巷的墙上,煤气灯映出一个人影。那人举着手招呼贝拉米。贝拉米同样也没理他。

可是……

他忽然停下,然后折回去。他看到墙上确实有个人影,也看得到路灯的光芒。但这是谁的影子呢?那个地方根本就没有人。

影子又在招呼他了,动作很明确。接着,影子仿佛知道贝拉米肯定会跟过来似的,转身朝小巷深处走去。周围依然没有人,也没有脚步声。贝拉米四处张望,想看看有没有别人也看到了这个影子,可是街上空无一人。他的脸有些扭曲,露出愤怒的表情。出于好奇心,他跟了上去。

小巷很黑。但是他依然能看到那个影子,就在狭窄小巷稍远处的墙上。影子停了一下,转身回来,让他跟上。不管这影子是谁弄出来的,只要让贝拉米找到,那就绝对有他好看了。贝拉米绝对会特别严厉地跟他讲讲自己对变戏法的感想。

他加快了步伐,紧跟影子。小巷陡然转了个弯,穿过一扇门进入了某座很大的建筑——是一个废弃的工厂仓库。这段路被淡淡的黄色光芒笼罩着。路的尽头有一盏灯,那里是巷子和大马路的交叉口。雪花从灯光中旋转飘舞而过,最终落在地上。影子彻底消失了,投下影子的人依然不见踪影。

贝拉米气愤地哼了一声,打算原路返回。就在他转身的时候,一个人突然出现在废弃仓库的门口,贝拉米吓得吸了口气。他可以确定,这人不是影子的主人。这人比影子瘦,几乎是形销骨立。他眼眶很深,双颊凹陷,鼻子狭长;身穿笔挺的双排扣长大衣,戴着黑色的高顶礼帽,帽子后面挂着一片黑色的东西。这人应该不是影子的主人,但他看起来仿佛是由黑暗凝结而成的。当他伸手表示欢迎时,手套也是一片漆黑,仿佛吞没了光线。

"你还是小心点儿,别这么吓人地突然冒出来。"贝拉米说,"对了,你有没有看到其他人过来?"

"只有你。"那人的声音低沉而有力,阴郁的表情没有丝毫变化。

"你看上去好像要赶着去奔丧。"贝拉米说。

那人的表情还是没有变化,"谁说文盲不懂反讽呢?"

贝拉米生气了,"什么?你说我是文盲?"他挥着拳头上前一步。

片刻之后,那个全身黑衣的人慢慢沿着小巷走开了。他停下片刻,身体紧绷了一下,仿佛是要打喷嚏似的。那张毫无表情的脸突然拧在一起,露出极端愤怒、仿佛要咆哮的样子。但转瞬之间,愤怒的神情消失了,那人的脸再次变成先前那死气沉沉的模样。

在他身后的地上,贝拉米身体扭曲着,一动不动地躺着。衣服松松垮垮地覆盖着这具干枯消瘦的尸体。一只枯瘦的手伸过地面,手指上已经完全没有了血肉,却仍紧紧地抓着石子路,仿佛要在绝望中抓住最后一点逝去的生命。

2

"亚瑟王。"

"不行。"

克拉拉瞪了他一眼,"你说什么?"

博士埋头看着塔迪斯的控制台,如同警察指挥交通似的做出一个禁止通行的手势,"不。不能去见亚瑟王。"

"你说让我随便选。"

"要在合理范围内。"博士依然埋着头。

"你开始不是这么说的。你说的是让我随便选。任何时间、任何地点、任何人——你说的。所以我选亚瑟王。"

"不行。"

"我们说好了。"

"还是不行。"博士终于抬起头。他的眼睛藏在阴影中,克拉拉不知道他是在开玩笑还是认真的。他脸上的其他部分总是很严肃的样子,只有眼睛会表达情绪变化。所以她得看得见眼睛才行。

"为什么不行?"

"那个时代不好。"

"你有更有趣的计划?"

"亚瑟王时代不好,又脏又臭又危险。你肯定不喜欢。再说……"他又转向控制台,用手撑着下巴打量着显示器。

"再说?"克拉拉走过去,眼神越过博士的肩膀,显示器上是一堆乱七八糟的直线、波浪线和一团团的东西,"再说什么?"

博士叹了口气直起身,指了指显示器,"看吧,仔细看看。这里。看见了?"

"嗯,没有。它坏了?"

博士冲她皱皱眉头。

"那是什么?"

"能量尖峰。"

"塔迪斯出故障了?"

"不是塔迪斯,不是。这是十九世纪末出现的一个能量尖峰,就在伦敦正中心。有人用了某种后核能设备,这可不好。啊,他们把那东西屏蔽了。"博士把手背在后面,低头绕着控制台一边踱步一边思考,"这说明它绝不是自然现象,也不是机械异常。"

"嗯,对。是在维多利亚时代末期的伦敦?"

"我刚才已经说了。"

"可能是瓦斯特拉夫人?也可能是斯塔克斯在摆弄他的新型

后核能武器？"

"有可能是他,但不会是他。"博士摇头说,"不,不,不。他们不会这么粗心大意。这是某个不想被发现的人弄出来的,而且这个人丝毫不懂时空混淆效应。"

"所以我们不去找亚瑟王,而是去找这个后核能能量尖峰,这是你的建议,对吗？"

博士已经启动了控制系统。"不是'建议'。"他看了克拉拉一眼,"我们最好换上更能融入时代的衣服,你说呢？"

"你看起来已经很像十九世纪的风格了。"克拉拉回答道。

"我说的是'我们',不是指我一个人。"

"你是第一步嘛。"克拉拉看了看自己的亮蓝色上衣和短裙。博士说得对。"我这就去找维多利亚时代的衣服。"

博士继续操作控制系统,他拉下一根杠杆,检查了一下刻度。然后提醒克拉拉道:"找实用的衣服。那边又脏又臭又危险,你肯定会喜欢的。"

霜凝结在树枝上,仿佛易碎的花朵。雪覆盖在先前凝结的冰壳上。冰柱仿佛是从窗框和屋檐里长出来的。最让人印象深刻的是,宽阔的泰晤士河河面成了一块不透明的大冰块。

"这空气真是冷得刺骨。"博士说。

克拉拉呼出的气体在眼前凝结成雾,"是呀,都快冻成冰棍儿了。嗯，算了，就当我没说。"她飞速说完后半句。博士有时候特别喜欢咬文嚼字。

塔迪斯停在河边一条无人的小巷里。从四周完好无损的雪地来看，这一带应该没什么人。

他们沿着河边的街道走着，克拉拉问："有没有什么设备可以帮我们追踪到那个能量来源？"

"能量尖峰。不是来源，是一个尖峰，尖峰是从来源中冒出来的。"

"所以是不一样的，对吧？"

"对。由于这是个尖峰，它只出现了一次，所以现在找不到了，也没办法探测。"

"除非它再次出现？"

"除非它再次出现。那样的话……"博士掏出音速起子，检查了一下起子的设置，"那样的话，我们就会知道。不过我们不能一味等着，因为它有可能再也不出现了。"

"所以我们要如何找到它的源头？"

"去调查。塔迪斯已经尽可能降落在离源头最近的地方了，但还是有好几英里[1]的偏差。"

"啊，这就算是最近？"

---

1. 1英里=1.61千米

"已经很不错了,相隔了好几百年的时间和好几百万光年的距离呢。再说,在伦敦找个外星人也不会太难。他们多半都很显眼,很自大,觉得自己高人一等。"

克拉拉认真地盯着博士,"对啊,说得没错。"

博士的眉毛都快挤成一团了,"你想说什么?"

"没什么。"她飞快地回答,"那咱们的计划是什么?去主裤文街找我们本地的朋友求助?"

"瓦斯特拉、斯塔克斯和珍妮?不,我们不要去打搅他们。相信我。"博士摇着头,"没有那么麻烦。"

现在已经是上午了,人群涌向霜雪集市。博士和克拉拉混在人群中,挺开心地跟着大流走。

克拉拉大口吃着烤栗子问:"这么说来,能量尖峰的事情也不是非常着急?"

博士盯着自己的烤土豆,考虑着要怎样收拾它才好。"我们正在调查。"他说着咬了一大口。结果烫得直跳,张大嘴不停地哈气。

"很烫?"克拉拉问。

博士用力点头,同时皱着眉瞪了一眼旁边那个笑话他的小男孩。

"我觉得你只是在找借口不去见亚瑟王而已。"

"绝对不是。"博士朝剩下那块冒着热气的土豆用力吹气,"不过上次我去的时候确实出了一点儿问题,跟剑有关。"

"真的?"

"亚瑟那时候还是个小孩儿,当时他跑过来嚷嚷说他需要一把剑,所以我就顺手把剑递给他了。"

"确实是个大问题。"

博士又冒险尝了一口土豆。"显然是的。"他边嚼土豆边说,"亚瑟本该亲手把剑从石头里拔出来的,要我说这就是小题大做,但最终我还是当了一天英格兰国王,然后就把王位让给亚瑟了[1]。这并没有造成实际损害。你是想一整天都站在这里闲聊吗?"

"没有啦,抱歉。"

"那边是什么?"但博士并没有等克拉拉回答,他直接把土豆丢进嘴里,大步向前挤进人群。

集市中心是个很大的旋转木马。克拉拉看着那些木马起伏旋转。配合着音乐来看,这木马几乎有催眠效果。博士和她一起看了会儿,然后独自走开了。之后,他们又在卖布娃娃和布钱包的摊位前再次碰头。

摆摊的女人问她:"玩得开心吗,亲爱的?"

---

[1]. 在"石中剑"的传说中,原本是亚瑟从石头中抽出宝剑,成为英格兰的国王。

"哦，开心啊！"克拉拉回答道。她希望自己说得尽量大声，好把博士那边不怎么积极的回答掩盖掉。"这里有算命的吗？"她一时心血来潮地问。

"嘉年华那边有。"

"嘉年华？"

摆摊的女人指了指，"那边走到尽头就是珍奇嘉年华。他们有各种各样的东西。要花一便士才能入场。"

"要去吗？"克拉拉问博士。

"嗯，要去。感觉很……"

"稀奇？"

"不寻常。"他笑起来。

在珍奇嘉年华门口，博士掏出闪亮的两便士，换回两张卡片门票。

"今天可以凭票多次入场。"守门的孩子对他说，"但是记住只能今天使用。明天票的颜色会不一样。"

这个围场内部很大，雪地里摆着一些摊位，帐篷都架设在外围。那个算命的有些令人失望，只是个裹着披肩的老妇人，趴在桌边看水晶球而已。她又问克拉拉收了半便士，然后用手指反复在水晶球上晃动，接着说了一连串毫无新意的套话，比如遇到一个高大英俊的陌生人，踏上漫长的旅途什么的。

"嗯，基本上也没错。"她对博士说，"你要试试吗？"

博士摇了摇头，"她要么是个骗子，要么是个真正能够预见未来的天才。如果是前者，算命也毫无意义；如果是后者，遇到我大概会害她冠心病发作。"

博士对"不存在的生物展"更感兴趣。进了那顶帐篷之后，他们发现里面全是装在玻璃钟罩里的不明有机物标本和奇形怪状的东西。标签显示，这些东西包括星孩死婴，只在西班牙山区才有的稀有月亮猪等等。

最重要的展品在帐篷尽头的玻璃盒子里，是一条美人鱼的尸体。博士稍微看了一会儿。"绝对是假的。"他断言，"皮肤颜色不对，鳍的形状也完全错误。"他声音太大了，让人有些不安。

接下来在帐篷外面，克拉拉再次尴尬不已，因为博士在大力士表演的过程中大声打呵欠。那人非常高大，上半身布满刺青，两个肱二头肌各纹着一把匕首，胸口还纹满了锁链。由于是光头，加之体格壮实的缘故，他令克拉拉想起了斯塔克斯，不过这个大力士很高——超过六英尺[1]，别的观众都对他的表演赞叹不已。他先是徒手劈碎了一堆砖头，然后又用脑门砸烂一块石头，最后他举起一根金属棍，棍子两端各挂着一篮子大石头。

当他用力的时候，脖子上、胳膊上的肌肉都醒目地突起，随

---

1. 1英尺=0.3048米

着一声大吼,他把石头从地上抬了起来。他腿部用力,将金属棍举到胸前,然后稍微晃动了一下,最终用尽全力将重物举过头顶。

博士叹了口气,朝周围看去,也许别的地方正好有更好玩儿的事情呢。

"你有什么不满吗,先生?"大力士慢慢把金属棍放下,他朝博士说话的时候,用胸膛依然支撑着重物。

"我?"

"对,就是你。"

"抱歉。"博士走上前,"我只是觉得这没什么了不起。"

"是吗?"

"博士。"克拉拉小声提醒他。

大力士瞪着博士,围观人群中涌现了那种无比期待的情绪,"我这就告诉你什么叫了不起。"

"是吗?"博士说着,同时用"你能怎样"的眼神看了克拉拉一眼。然后他从大力士身上接过金属棍,很轻松地单手提起来,两端装着石头的篮子好像牢牢粘在棍子上一样。"你说吧,我帮你提着。"

大力士惊讶地看着博士。

"你叫什么名字?"博士问。

"迈克尔。"

"迈克尔什么？"

"迈克尔，先生。"

"不，不，不。我先把这个放下。"博士小心地把金属棍和石头放下来，"你姓什么，迈克尔，姓是什么？"

"哦，迈克尔·史密斯。"

"啊！"博士忽然露出笑容，"我也姓史密斯，约翰·史密斯[1]博士，大概是这样。我们姓史密斯的要互相照应，对吧？表演得不错。不过应该再注意一下表现力。讲些小段子让观众高兴高兴。"

"好的。"大力士迈克尔回答，"谢谢你，先生。"

博士转身对观众说："没有作假。对了，"他又回过头，"下次要尽量表现出非常吃力的样子。"

他们无视周围观众的目光走开了。克拉拉说："我这辈子都没这么尴尬过。"

"不对，你有过。"

"对，有过。"克拉拉改口了，"都是跟你在一起的时候。"

他们去的最后一顶帐篷是在围场的最里面，广告上写着"最神琦的影子戏表演。"

---

[1]. 博士最常用的一个化名，相当于中文的"张三李四"。

"要是真有那么神奇,他们至少该把'神奇'二字写对。"博士说。

"别这么多抱怨,看表演就好了。"克拉拉回答他。

表演已经开始了,他们在黑漆漆的帐篷后排就近坐下。越过前面观众的头顶,克拉拉牢牢盯住屏幕。原理很简单,光线从薄薄的屏幕后面照过来,剪成各种形状的纸偶放在光源和屏幕之间投下影子,就可以进行表演了。演出内容不是故事,至少今天这场表演不是一个故事,主要是一些展示,有各种跳舞的动物、飞行的鸟儿,还有很多栩栩如生的人形,它们看起来相当灵活,几乎让人相信那些影子是真的,是活着的。

"真不错,对吧?"博士小声说。其实他态度的转变倒是更令人惊讶。他又补充说:"但这是不可能的吧,只有我一个人这么想吗?"

"你在说什么?"克拉拉小声顶他一句,"你就不能好好看表演吗?"

"可以的,我可以。但是……"

"但是?但是什么?"

"但它们都是纸偶。"

"当然是啦。"克拉拉转头继续看表演。一只蝴蝶灵巧地从空中飞过,一个小孩儿拿着捕网追逐蝴蝶。克拉拉现在满心只想着那些影子,畅想着它们神奇的质感、精美的细节和丰富的色彩。

博士凑近她的耳朵说："那绳子在哪儿？棍子在哪儿？它们都是纸偶的话，什么东西支撑它们动起来呢？"

克拉拉皱起眉头，其实博士说得对。"嗯，藏起来了吧，应该是。"她确定地说，"或者线特别细。设计得很巧妙。"

"你的解释完全合理。"

表演在热烈的掌声中结束了。屏幕升上空中，留下一个人站在那里。那是一个身穿红色斗篷的年轻女性。斗篷的兜帽垂在背后，露出长长的秀发——像阴影一样黑的长发。她轮廓小巧，看起来有些孩子气，朝大家鞠了个躬。

帐篷里的人走了之后，她依然站在原地。克拉拉也准备离开，但却发现博士朝反方向走了过去，他走到那个女人面前。

"你是怎么做到的？"他问道。

克拉拉赶在对方回答之前赶紧过去说："抱歉，打扰了。其实他是想说'表演非常精彩，我们很喜欢。'"

那个女人和克拉拉握了握手，微笑着说："很高兴我的表演令你们满意。"

"确实。"博士也表示同意，"所以，你到底是怎么做到的呢？"

"顺便介绍一下，这位是博士。"克拉拉说，"我叫克拉拉。"

"我在表演影子戏法方面比较有天赋。"那个女人回答，

"所以能让剪影看起来栩栩如生。但是很抱歉,我不能透露其中的秘密,我全靠这套手艺生活。"

"我敢肯定不是这样的,"博士说,"然而克拉拉也说了——表演很精彩。谢谢。"他们正准备离开,博士又问了一句:"哦,对了,你还没说你叫什么名字?"

那个女人拉下兜帽盖住头,将自己的脸笼罩在阴影中。在帐篷尽头提灯的光线中,她醒目的红色身影显得尤为突兀。

"我叫西卢埃特[1]。"她说。

---

1. "西卢埃特"是英文"Silhouette"的音译,有"侧影、剪影、轮廓"之意。

3

他们穿过霜雪集市往回走,博士说:"我觉得那是不可能的。"

"就因为你想不明白吗?"克拉拉说,"这样吧,我们姑且认为那就是魔法。就这样,同意吗?"

博士以某种夹杂着同情和傲慢的眼神打量着她,"魔法只是个说辞,人们把太高级而无法理解的东西都归结于魔法。"

克拉拉点点头,"我就是这个意思。"

他们停下来观看一位身着短斗篷、留着浓密小胡子的人表演扑克戏法。他拿出一把牌朝着博士挥了挥。

"选一张牌,任选一张,但不要告诉我你选了什么。不过,请让这位小姐看到,然后也给周围所有人都看看。"

博士把牌面展示给了所有人——是方块三。

"好。现在把它放回这一把牌里,随便找个位置放进来就行。对,就这样。"

那位魔术师开始洗牌,切牌,然后又洗了一次牌。最后,他将这一把牌扔向空中。有张牌从中分离了出来,他一只手抓住这张牌,另一只手又接住了其他的牌。

他非常自信地说:"告诉我,先生,这是不是你选出来的牌?"

人群中一片寂静。博士看了看牌面,是梅花七,"不,不是。"

魔术师的笑脸变得有些僵硬。他迅速看了看剩下的牌,"这才是精彩之处,"这下他不那么有信心了,"黑桃皇后。"

"不是。"

"红桃九?"

"也不是。"

魔术师吸了吸鼻子、皱起了眉头,"那到底是哪一张?"

博士告诉他:"在你左边的口袋里。"

魔术师愁眉紧锁地从左边裤兜里掏出一张牌,"方块三?"

"就是这张,对不起,我作弊了。"

他们穿过嘉年华返回霜雪集市。雪下得更大了,先前的雪已经在地上踩实了,新的雪又落了上去。

"现在有什么计划?"克拉拉问。

"珍妮。"博士回答。

"我是克拉拉,还记得吗?"她纠正道。

"珍妮·弗林特在那里,就是瓦斯特拉的那位女仆。"博士对她说,"你觉得这是巧合吗?"

他们走上前,发现珍妮正跟大力士迈克尔说话。"年长的绅士，白头发，络腮胡。"珍妮这样说道。

迈克尔摇头，"抱歉，我不记得这个人，每天有很多人来这里。他可能来了，但是我也说不准。我连其中一半儿的人都记不住。"他一扭头，就看到博士和克拉拉走了过来，"我倒是记得那位史密斯博士。"

"史密斯博士？"珍妮惊讶地转过身，"啊，对，人人都认识史密斯博士。"

迈克尔和他们告别，去进行下一场表演了。

"是什么风把你吹到珍奇嘉年华来了？"珍妮问道。

"珍奇物品。"博士回答说。

"问一个傻问题，就咱俩之间说说。"珍妮说，"其实也没什么稀罕的，我看过更有趣的展览呢。你去看他们那个人鱼了吗？"她摇摇头，"假得要命。"

"也许他们该找个蜥蜴女人。"克拉拉说。

"总比那个狼孩好些。你们看见他了吗？"他们说没看过。"那孩子只是没洗澡而已。我趁看管他的女人不注意，问他身体还好吗？他求我给他一块肉饼，挺礼貌的，用了'请'字。什么狼孩，真是瞎扯。"

"除了对展品发表不满的言论以外，你还在这里做什么呢？"博士问。

"好像是要找个留络腮胡的人，我听见了。"克拉拉说。

"他叫马洛·哈普沃斯。不过我很清楚他现在在哪里。"

"那你为什么还要打听他的事？"克拉拉问。

"因为他死在了自己家里，而且死得很离奇。"

"是大侦探的案子啊。"博士说。

珍妮点点头，"我在哈普沃斯的桌上找到了一张嘉年华的门票。从颜色上看是昨天的票，他也是昨天死的。男仆说他回家时非常慌张，把自己锁在了书房里，然后没过几分钟就死了。是被裁信刀给刺死的。"

"自杀？"克拉拉猜道。

"刀是从后背肩胛骨之间刺进去的，除非他懂柔术才能那样自杀。"

博士问："那书房没有其他的入口了吗？"

"有一扇窗户，但是被锁好了，百叶窗也是关好了的。"

"所以，警察就去找瓦斯特拉夫人了？"克拉拉又猜道。

"不是，是那位死者找的夫人。"

"这怎么可能？"克拉拉觉得很奇怪。

"他遇害的时候正在给夫人写信。管家卡莱尔说，他散步回来后看上去万分焦虑，还说要写信告诉瓦斯特拉夫人一些重要的事情。但是他刚把夫人的名字写到纸上，就被人杀害了。"

"所以你就来调查，到底是什么让他如此不安了。"克拉拉说道。

"也许这里确实会有什么线索。"博士说,"但也可能是在霜雪集市上,或者他散步去过的任何地方。"

珍妮点点头,"所以我尽可能把他的散步路线都走了一遍。但是现在什么也没有发现。这个地方是最可能发生怪事的了。说起怪事,你们还没说这次为什么会到这儿来呢。"

他们一起离开了珍奇嘉年华,穿过霜雪集市往回走。博士带她们来到一顶卖茶点的大帐篷里,在隐蔽的角落找了张空桌。坐下之后,他们点了茶,然后博士简单说明了能量尖峰的事情。

"不知道那是什么。"珍妮说。

"可能就是巧合吧。"克拉拉边吃水果蛋糕边说。

"可能是吧。"博士略微让步,然后想了一下又说:"你们两个在这里坐一会儿,看看能否理清哈普沃斯死前的一些线索。"

"那你要做什么呢?"克拉拉问。

博士喝完自己的茶,站起身来,"我去跟瓦斯特拉谈谈,看她发现了些什么。她还在哈普沃斯家吗?"

"在。"珍妮回答说,"你不想问我其他的问题了吗?"她看着站起身来的博士问道。

"不用了。我觉得最好还是保持开放的态度,不要被他人的意见所左右。我要亲自检查犯罪现场,凭借自己的观察来形成判断。"

"说得好。"珍妮喝了一口茶,"但你确定一个问题都不问我了吗?"

"非常确定,回头见。可能是在这里,可能是在哈普沃斯家,也可能要等回到主祷文街后再见!"

他不等对方回答,就从帐篷入口的桌子间挤了出去。

"你觉得要等多久?"珍妮问,"三十秒?"

"用不了三十秒。"克拉拉回答。

到了帐篷的门边,博士突然转身,又返回到了她们俩面前。

"好吧。"他来到桌边,"就一个问题,哈普沃斯家的地址?"

博士又离开了。帐篷里很暖和,克拉拉慢慢吃着茶和点心:"我们上次来过之后,你们就一直忙着吧?"

"差不多是这样,但是没什么特别的事情。上个月我们去调查了一间鬼屋,据说是有鬼魂搞恶作剧,把屋里的盘子全都砸烂,还让吊灯乱晃。"

"听起来还挺刺激的。"克拉拉想起了她和博士之前去过的那间鬼屋,不禁被自己的回忆吓得一抖。

"得了吧。结果我们发现那房子正好建在贝克卢地铁线[1]上面,每次只要有列车从下面经过,房子就会跟着晃起来。"

---

[1] 伦敦地铁的一条线路,从贝克街站到滑铁卢站,途经女王公园。女王公园以北部分位于地面之上,其余皆在地下隧道中行驶。

克拉拉笑了起来,"那斯塔克斯还好吗?"

珍妮也露出微笑,"还是老样子,只能这么说。他这会儿正在自己做调查呢。"

"披着圆领披风、戴着猎鹿帽[1]吗?"

"很遗憾没有。他的一个酒友昨晚被打死了,这让他非常生气。"

克拉拉放下了茶杯,"我觉得这完全不意外,是因为酒吧斗殴吧?"

"好像没有斗殴那么简单。不过斯塔克斯什么也没说,只说他要找到嫌犯,然后在他们身上使用克洛力质酸、删剪手雷[2]之类的东西。"

事实证明,寻找凶手并不像斯塔克斯预想的那么简单。他拷问本地居民得到了不少信息,而且这次使用的拷问手段也十分精妙,瓦斯特拉夫人肯定会为他感到骄傲的。他没有杀死任何人,甚至没有威胁或折磨任何人——除了一个小扒手以外,那孩子想从斯塔克斯兜里拿走他的钱包。不过,他短时间内不会再拿走任何人的钱包了,就算手指痊愈后也不会了。

---

1. 这是阿瑟·柯南·道尔笔下神探夏洛克·福尔摩斯的标志性装束。
2. 克洛力质酸和删剪手雷都是桑塔人使用的武器。克洛力质酸是一种对桑塔人特别有害的强酸,可以严重腐蚀他们的盔甲和皮肤,接触的时候会爆发出一阵白亮的火花,类似于燃烧镁产生的效果。

然而，斯塔克斯了解到的信息并不能消除他的疑虑。本地警察都不怎么理他，就算搬出了瓦斯特拉的名字也无济于事。古德温警官也只是告诉他，里克·贝拉米并不是第一个受害者。

倒是那个富有同情心的病理学家帮上了忙，那人似乎以为斯塔克斯患有某种生理上的疾病。

"完全干燥。"他解释道，"他的整个身体似乎都被吸干了，构成他这个人的一切物质都被吸走了，只剩下干枯的外壳。唯一能证明死者身份的就是他钱包里的东西。真奇怪，凶手居然把钱包留下了，不过里面确实也没多少钱。"

"这有可能是自然原因造成的吗？"斯塔克斯虽然这么问，心里却希望不是。

"要是自然界中有一例类似的情况，我都会说有可能。但实际上这是不可能的，这个可怜的人是被杀死的，和其他的人一样，都是被故意杀死的。但是，我也不知道究竟是被什么人以什么手段杀死的。"

拿到了受害者名单和住址之后，斯塔克斯试图找出他们之间的共同点。然而，他们根本就没有共同点。这些受害者分别是一位女房东、一名收税员、一位修士和一个名叫莫德[1]的年轻女人（这女人似乎完全不懂得什么叫私人空间，她看起来很自来熟的

---

1. 莫德林的昵称，有"从良的妓女"之意。

样子，斯塔克斯怀疑她涉嫌某种私人的间谍活动）。他们截然不同，不管是年龄还是住处，都各不相同——只不过，他们都很贫穷，而且他能明显认出一部分受害者是女性。

从东区街上走过的时候，斯塔克斯心想，他们唯一的共同点就是，他们都时运不济，对生活满怀愤懑。斯塔克斯觉得，说不定这些人会跟贝拉米相处得很愉快，他们可以互相抱怨世界上的每一种东西有多贵或者有多不好。

他需要时间来思考一下自己搜集到的这些信息。也许他可以去问问珍妮和瓦斯特拉，看看她们会有什么想法。但是在此之前，他得先去犯罪现场看看。虽然他知道贝拉米的尸体已经被移走了，因为他在停尸房都见过了，但这也意味着那帮没用的警察肯定也走了。那个可怜的人似乎死得并不光荣——所以也就更有必要替他报仇了。他一边气愤地自言自语，一边往发现贝拉米尸体的现场走去。

斯塔克斯找到了早先尸体所在的那条小巷，他的肩膀几乎都能碰到巷子左右两边的墙了。最终，他来到了那座荒废的建筑里。突然，一个人从门口的阴影中走了出来，站到他的面前。那人穿着某种仪式专用的衣服，斯塔克斯曾经见过这种衣服——从头到脚都是黑色的，那人头上戴着高高的礼帽，后面挂着一根黑色的东西。斯塔克斯渐渐想起来，穿这种制服的人主要是从事搬运和埋葬死者的工作。

"你的客户已经被搬走了。"斯塔克斯提醒他。

但那人的面部看起来没有丝毫变化。"你好像很生气。"他的声音低沉而忧郁。

斯塔克斯想了想,"不,"他回答道,"我只是在执行一项为同僚之死复仇的任务,这是一项无比光荣且令人满足的任务。"

那人向前走了几步,斯塔克斯也跟着上前几步,走出了阴影,来到苍白的冬日阳光下。

那人看清了斯塔克斯的模样后,忽然停了下来。他抬起手碰了碰自己的帽檐说:"请原谅,先生。还请包涵,我要去别处办事了。"

不知怎的,他一下就从斯塔克斯身边挤了过去,沿着小巷离开了。斯塔克斯转过身想去看他,但小巷里只剩下墙上淡淡的影子。

4

哈普沃斯似乎不只去过霜雪集市,还去过珍奇嘉年华。他应该是穿过霜雪集市后才进入珍奇嘉年华的。集市很大,横跨泰晤士河两岸。凝结成冰的河面上有很多摊位和各种有趣的东西,珍妮和克拉拉只好分头在集市上寻找线索。

珍妮详细地描述了哈普沃斯的外貌,她还说:"如果我们知道他去过什么地方,看到了什么东西或者什么人,我们就有可能知道他为什么会紧张不安地回家了。当然,这里也可能根本就没有线索。"

"这得我们找了之后才能知道,不是吗?"克拉拉说,"我们待会儿还是在喝茶的帐篷碰头吧,博士多半也会去那里等我们。"

克拉拉感到双脚异常的寒冷,寒气仿佛刺穿了她的鞋底。很多人从雪地里走过,把积雪都踩成了泥水。人群中已经没有珍妮的影子了,克拉拉觉得自己毫无收获。她找到了几个昨天见过马洛·哈普沃斯的人,但他们都想不起哈普沃斯的行为有任何异常。

还有几个人觉得自己有可能见过哈普沃斯,但并不十分肯定。谁都提供不了有用的信息,只知道有一位老人在晴朗的冬日下午逛过霜雪集市。

她俩并没有约定具体的集合时间,克拉拉觉得珍妮调查半个集市所花的时间应该和她差不多,于是,她调查完毕就回到了茶点帐篷。此时的帐篷里有很多人,她等了一会儿才找到空位。

克拉拉盘算着要不要配着茶吃点儿什么。这时候,有人很礼貌地在她旁边清了清嗓子。

"打扰一下。"

她一抬头,看见了一位年轻人,年龄和她差不多,正手扶椅背站在一旁。

"你不介意我坐在这里吧?"他问道,"这时候人太多了。"他笑了笑,"很抱歉打扰了,如果你在等人的话,我就去另外找座位。"

"不,不介意。"克拉拉赶紧回答,"请坐吧。我确实在等人,不过她可能要过一会儿才来,所以很高兴有人和我一起等。"

"你真是好人。"他说着,坐在克拉拉对面笑了笑。

克拉拉也忍不住笑了。那人很礼貌,看起来也很自信,黑色的头发全部梳在后面,露出了英俊的脸。他转身叫服务员的时候,克拉拉注意到他的鼻尖有一点儿往上翘,就跟她自己的鼻子一样。

服务员过来之后，他问道："你想要点儿什么？这里烤制的茶点很不错。"

经他一说，克拉拉忽然觉得自己确实很想吃一些点心。

"那就让我来请客吧。"服务员走开后，他对克拉拉说，"就当是感谢你让我分享这张桌子。很抱歉，还没请教芳名就直接说请客了。"

"我叫克拉拉。"

"幸会，克拉拉小姐。"

她笑了起来，"叫我克拉拉就可以了。"

"那真是太没有礼貌了。好吧，我叫奥斯瓦德。"

"奥斯瓦德？"

他收起了笑容，"你不喜欢这个名字吗？"

"不，我只是很惊讶。"

"这个名字有什么值得惊讶的吗？"

"我也叫奥斯瓦德。"她说道，"克拉拉·奥斯瓦德。"

"那我们可有不少的共同点呢——名字一样，也都喜欢吃烤制的茶点。"

奥斯瓦德是个不错的同伴，和他谈话很愉快。茶点也确实很好吃，克拉拉一直在笑，她和奥斯瓦德相处得很愉快。奥斯瓦德是一名老师，负责教授孩子们功课，他惊讶地发现克拉拉也是老师。不过，他不明白为什么克拉拉今天不用上课。她尽可能把这部分搪塞过去,结果还是不小心把很多关于自己的事情都说了出来。她告诉奥斯瓦德自己正在到处旅行,不过别的细节就没提了。

"你的朋友这么久都没来,"奥斯瓦德说,他们又要了一壶茶,"希望她不会耽误太久。"

"珍妮会来的。"克拉拉笃定地说,"博士[1]也会来的。"

"你是说医生吗?你的身体不舒服吗?"

"不,我说的是另一个朋友。"

"那肯定是非常好的朋友。你提起他的时候我能感觉得到。"

"是啊,"克拉拉回答,"我们一起旅行,嗯,去了各种地方。但他最近脾气不太好。"她发现自己说得太多了,"嗯,可能是因为他变老了,我觉得是这样。"

"我们每个人都在变老。"

第二壶茶上来后,克拉拉心想,真奇怪,她认识这人才几分钟,却好像成了很好的朋友。她和奥斯瓦德就如同多年的老友一样,有好几次她停顿的时候,奥斯瓦德都仿佛知道她要说什么。他好像能察觉到她的感受,克拉拉觉得跟他在一起异常轻松。当然,他长得好看也是原因之一……奥斯瓦德问她是否要续茶的时候,她笑着点点头。

---

1. "博士"和"医生"在英文中都可用"Doctor"表示,所以容易产生误解。

瓦斯特拉夫人听见身后的书房门开了，赶紧放下了面纱。她从书架前转过身，惊讶地发现门口站着的是博士。于是她重新掀起面纱，点头表示欢迎。

博士走进屋里，顺手关上了门。"这里是犯罪现场吗？"他问道。

瓦斯特拉指了指哈普沃斯的书桌，"他当时面朝下倒在桌上，背后插着他的裁信刀。"

书桌上依然有血迹，吸墨纸都被浸透了。椅子周围也满是飞溅的深色血迹。

"警方已经把尸体搬走了，裁信刀也拿走了。"瓦斯特拉说，"他们总是喜欢那样，扰乱现场。"

博士若有所思地点点头，"我刚才和哈普沃斯的管家卡莱尔谈了谈。他说门是锁着的，没有任何其他的出入口。这是真的吗？"

"是真的，除非卡莱尔在说谎。但他看起来很诚实，也不紧张。"

"而且也不慌乱。"博士表示同意。

"窗户是锁上的，百叶窗也是关好的。门锁完好无损，没有任何撬动过的痕迹。"

"那有没有隐藏的门呢？"博士问，"书架就可以藏住很多罪行。"

"这一次没有。目前为止,我可以确定没有暗门。"

"那么,除了扰乱现场,警察还说什么了吗?"

"他们认为,以现场环境判断,哈普沃斯要么是自杀,要么就是死于离奇的巧合。所以,他们很高兴由我来接手调查。"

"嗯,他们倒是省事儿了。他有可能是自杀吗?"博士问。

"不可能。"

"那巧合呢?"

"也不可能。我看到过尸体未经移动的样子。他的后背中间被刺中,他自己根本就刺不到那个地方。而且你也看到了,不管是故意还是无意,这把椅子的靠背都不可能固定住他的那把刀。所以,受害者也就不可能往后一倒就刚好摔在刀尖上。"

瓦斯特拉继续检查书架,博士则开始察看书桌。一张沾满血迹的信纸上只写了个开头——仅仅是句问候语:"瓦斯特拉夫人"。

"他是在给我写信。"她注意到博士正在看信纸,于是解释道,"根据卡莱尔的描述,当时他十分不安。我认识哈普沃斯,不过也只是认识,不太熟悉。他是位学者,他的知识很有用武之地。"

"珍妮跟我说过你认识他。"

瓦斯特拉点点头,"你见过珍妮了,怪不得你会到这里来。所以你之前是在霜雪集市吧?"

"我还去了珍奇嘉年华。"博士拿起吸墨纸旁边的门票,"这是目前你发现的唯一线索吧?唯一能解释他去了哪里,以及为什么会紧张的东西?"

"对,还有那三只小鸟。"

博士皱起眉头,眉毛都扭在了一起,"小鸟?什么鸟?"

"不是真正的鸟,"瓦斯特拉转过身,"是纸做的,折成了鸟的形状。有三只,很简单,也很精巧。"

"你是说欧丽佳米艺术?"

"什么?"

"'欧丽佳米'是日语,就是'折叠的纸片'的意思。不过,这个词儿可能要再过六十年才会用起来。"博士掀起吸墨纸看了看下面,然后又拿起装纸和信封的木盘,"那些折纸鸟哪儿去了?"

瓦斯特拉走到桌边,"真奇怪,"她在桌上找了一番,"刚才还在的,就在嘉年华门票的旁边。可现在去哪儿了呢?"

博士耸了耸肩,"也许这并不重要。"他笑了笑,"很高兴再见到你,瓦斯特拉,别担心那些鸟了。它们肯定就在附近什么地方,不会飞远的。"

5

克拉拉和奥斯瓦德已经喝完了第二壶茶，但珍妮依然不见踪影。奥斯瓦德掏出怀表看了看，道歉说他必须先走了。

"谢谢你让我坐在这里。"他说着站起来。

"没什么，"克拉拉回答道，"也谢谢你陪我等人。"她目送奥斯瓦德朝出口走去，看着他保持着礼貌的微笑穿过人群，有时会侧到一边让别人先通过。克拉拉心想，他真是个不错的同伴。

差不多走到门口的时候，奥斯瓦德忽然停了下来，另一个人朝他快步走了过去。他们显然认识彼此，简单交谈几句之后，奥斯瓦德朝克拉拉的方向点了点头。也许那人就是奥斯瓦德的雇主——他看起来像是位"身价不菲的绅士"。克拉拉希望自己没让奥斯瓦德耽搁太久，不至于给他造成麻烦。

奥斯瓦德和另外那人一起穿过帐篷，往克拉拉这边走。当他们走近时，克拉拉终于看清了另一个人的样子。他大概四十岁，深色的头发有些稀疏了，胡子很短。他很瘦，穿着黑色的外套，拿着一根银头手杖。走到桌边后，他微微抬起手杖向克拉拉致意。

"抱歉再次打扰，克拉拉。"奥斯瓦德说，"我必须把你介绍给我的雇主，米尔顿先生。"

"没给你造成什么麻烦吧？"克拉拉赶紧问。

"我的上帝，当然没有。"米尔顿回答。他说话时带着点儿轻微的鼻音，发音紧绷而庄重，"我听奥斯瓦德说，他刚刚正和一位年轻女士愉快地喝茶，而且对方也叫奥斯瓦德，于是我就赶来自我介绍了。我是奥勒斯特·米尔顿，愿意为您效劳，奥斯瓦德小姐。"

米尔顿弯下腰向她伸出手，克拉拉觉得有点儿脸红。她礼貌地和他握了手，"很高兴见到你，米尔顿先生。"

奥斯瓦德再次告别离开了。

"他是个善良的人。"米尔顿看着他走开。

"我猜，他是你孩子们的老师吧？"克拉拉说。

"不，这你就猜错了。"米尔顿看了一眼自己的表，"我还有点儿时间，可以在这里小坐片刻吗？"

"请坐。"

"谢谢。"米尔顿在小桌的另一边面对克拉拉坐了下来，"我确实是他的雇主，这没错。只不过，我是雇佣他给别人授课。他教的都是些穷孩子，此外还会去本地的济贫院[1]帮忙。"

---

1. 英国自14世纪就出现的一种供无家可归的穷人居住的居所，至1948年才完全消失。

"你雇他做这些事？"

"我的生活相当富足，奥斯瓦德小姐。"米尔顿对她说，"而且我坚信，人应该在力所能及的情况下回馈社会。"

克拉拉旁边的椅子突然被拉开了，有人扑通一声就坐了下来。"多么开明的理念。"博士说，"我可以加入吗？太好了。抱歉，还没请教你的名字。"

"我是米尔顿，先生。我想你就是奥斯瓦德小姐在等的人吧？"

"应该是。"他越过桌子和米尔顿握了握手，"我是博士，米尔顿先生。很高兴见到你。"

"彼此彼此。不过，刚刚已经和奥斯瓦德小姐说过了，我一会儿还有事儿要办，快乐的时光总是如此短暂。"

"真是遗憾。"博士靠在椅子上好奇地打量着米尔顿，"能不能问一下，阁下是去办什么样的事情？"

"我是个实业家——实在想不到更合适的称谓了。我的一间工厂正在试用一套新的生产流程，我现在必须去听值班经理的汇报。"

博士点了点头，似乎觉得这番话很合理，"非常明智。我一贯认为，关注细节十分必要。"

"没错。"米尔顿站起身来，"我相信，你作为医学领域的专家，一定也非常注重细节和精确度。"

"哦，我不是那方面的专家，我是博士。"

"哦？难道是神学博士？"米尔顿笑了笑，表示自己是在说笑。

"也许吧。"博士回答，"我是很多领域的博士，其中一大半儿连我自己也记不清楚了。"

"那就是一位博学之才了。"

"他的确非常博学多才。"克拉拉觉得自己至少也该说句话。

"不过，眼下我是调查员。"博士完全没管克拉拉说了什么。

"是吗？这真是引人遐想。请原谅我的冒昧，阁下在调查什么呢？"

"谋杀，阴谋，还有几只失踪的欧丽佳米小鸟。"

"失踪的什么？"克拉拉问，这部分情况她还没听说过。

结果却是米尔顿回答了她的问题："欧丽佳米是一种日本的古代技艺，就是把纸折成各种形状。"

"这个我知道。"克拉拉说，"我不是觉得这个词儿奇怪。"

"你会说日语吗，米尔顿先生？"博士俯身靠着桌子，仿佛仔细研究似的打量着站在一旁的米尔顿。

米尔顿笑了笑，"不会，一个字儿也不会。"

"那真遗憾。"

"同样遗憾的是，我要走了。"米尔顿朝克拉拉点头致意，然后又和博士握了握手，"和您谈天真是相当有益，希望能再次相见。"

博士等着米尔顿走出帐篷后，忽然站起身来，"我们该走了。"

"去哪里？"

博士用看笨蛋似的眼光瞅着她，"当然是跟踪他啊，关于这个大好人米尔顿先生，你都知道些什么？"

"我什么都不知道。"克拉拉匆忙跟上博士，"我只是跟他雇佣的一个人坐在一张桌子喝茶而已，或者也可以算是他赞助的人吧。怎么了？"

"米尔顿不是这个时代的人。"

他们来到帐篷门口，博士往霜雪集市四周看了看，发现跟踪目标朝着珍奇嘉年华的方向走去了，"啊——他去那边了，我们走！"

"你说他'不是这个时代的人'，这是什么意思？他和我们一样也是时间旅行者吗？"

"或许不是。他可能只是有一个非常精致的翻译转换器。"

"一个什么？"

"那东西可以让人感觉他仿佛是在说你的语言，以便你理解他的话。"

"可是我们也能做到，对不对？塔迪斯帮我们翻译了。"

博士停下来瞅了克拉拉一眼，"对，然而他并不知道。他用翻译转换器多半并不是为了方便我们。"

他们在嘉年华入口处出示了门票，然后赶紧进去继续追踪米尔顿。但是，到处都找不到人。

"肯定在更里面。"博士判断道，"他走得很快，这说明他有明确的目标和准确的目的地。"

"也许是要马上去看什么东西。"

"什么东西，或者什么人。"博士表示同意，他们匆匆忙忙地穿过了嘉年华场地。

克拉拉先发现了他，"他在那里！"克拉拉指向影子戏表演的帐篷，米尔顿刚刚走了进去，"所以你看了他一眼，就知道他带了个翻译器之类的东西，是这样吗？"

"我是听他说话才知道的。"博士说，"他没发现我用'欧丽佳米'给他设下的陷阱。"

"这个词是怎么翻译成地球语言的？你该不会是给他用纸折了个陷阱吧？"

"他之前说自己要去听取'汇报'。重大事件之后要有一次总结汇报，这都很好，棒极了。但问题是，'汇报'这个词太美国腔了，第二次世界大战之前，英国人不这么说话。当然，这也可能是塔迪斯翻译系统用到的词，所以我故意提到了'欧丽佳米'。他不光懂得是'折纸'的意思，还帮我们做了解释。可是，日文词汇是在二十世纪五十年代才引入英文的。"

"所以你才问他会不会说日语。"克拉拉这下明白了。

"你反应挺快的嘛。"

"喂，"克拉拉突然意识到，"也许我们之前检测到的能量尖峰就是米尔顿造成的？"

博士停下脚步回头看她，"哦，你这么认为？"

克拉拉没理会他的嘲讽，直接把他拽回来藏到一边。"他出来了。"克拉拉提醒道，"真快。"这时候，米尔顿正好从他们旁边经过。他没注意到人群中的博士和克拉拉。"他也许没找到需要的东西吧。"

"也可能找到了。"博士说。

他们等了一会儿，让米尔顿走远了些，但是又没让他走得太远，否则就跟不上了。表演影子戏法的那个女人——西卢埃特——出现在了帐篷门口，她拿着一块牌子，上面写着下一场表演一小时后开始。进帐篷之前，她还朝克拉拉笑了笑。

"大概是要去补上一顿午饭吧。"克拉拉心想。

"好了，我们走。"博士拉着她的胳膊跟在米尔顿后面，"他像是要离开了。"

米尔顿已经穿过了霜雪集市，朝路堤走去，博士和克拉拉跟在他的后面。很快他就走下路堤，来到一条小路，紧接着又拐进了另一条小巷。这条小巷几乎像被废弃了，沿街的房子空荡荡的，一片漆黑。其中一些窗户用木板钉住，涂料都已剥落。由于疏于照料，加上天气和伦敦浓雾的缘故，房子的石料也都开裂了。

他们躲在巷子一侧的阴影中，米尔顿在另一侧的一座房子外停了下来。他转过身前后看了看，确定自己没被跟踪，然后走到大门口。

"他不像是住在这里的人。"克拉拉说。这座房子和巷子里的其他房子一样破败。

"他应该不住在这里。"博士表示同意，"所以说，他在这里面放了些什么不可告人的东西呢？"

"我们要去察看究竟吗？"

"你不想去？"

"当然想。"克拉拉说，"我们是等他走之后进去，还是现在就和他对峙？"

"嗯，我比较喜欢直截了当。咱们走！"

博士轻快地走到那座房子前，克拉拉匆匆跟在他身后。门锁上了，不过音速起子飞快地一转，他们就进去了。门厅很窄，没有家具。墙纸从破裂的壁板处撕开，地板也只剩下木头片了。

房子里有两间会客室，一楼有间很简陋的厨房。楼上两层有一间浴室和三间卧室。所有的房间都空着。

"他去哪儿了？"克拉拉小声问。

"我也不知道。"博士回答,"不过,在这里显然不需要小声说话。"

小厨房有个后门通往院子,院子里还有一扇门能从窄巷通到街上。他们再次回到屋里检查了每一个房间。但房间都是空的,没有家具。

他们站在一楼的一间会客室里,博士忽然说:"那是什么声音?"

"什么?"克拉拉仔细听。屋里有一种十分微弱的敲击声,"是外面街上的声音吗?"

博士摇了摇头,"我觉得是隔壁传来的。"

"现在没有了。"克拉拉跟着他离开了这个房间。

另外一间会客室同样空空如也。

"也许你说得没错。"博士说。

"有可能,有时候确实是这样。"

"也许是外面的东西。"博士来到窗户边。玻璃上沾满了灰尘,其中一面窗满是裂纹,另一面窗则没有玻璃。"啊,这下可有趣了。"博士喃喃地说道。

克拉拉也走了过来,跟他一起透过模糊的玻璃往外看,"什么也没有啊。"

"我是说这个。"博士指了指下面。有一只用纸折成的小鸟正躺在窗台上。

"又是折纸，这不可能是巧合了。"

"是啊。"博士拿起那只鸟仔细观察，"才放这儿没多久，上面的灰很少。"他说着把鸟放回窗边，"但是，我不相信米尔顿先生大老远跑过来，就是为了放一只纸鸟。"

"那你认为他是在做什么呢？"克拉拉问，"是某种需要耗费能量的事情，对不对？某种很高级的能量形式才能产生我们探测到的那种尖峰，对不对？"

"不管他在做什么，肯定都不是好事。更何况已经死了一个人，"博士对她说，"这其中肯定有联系，尤其是眼下这种状况。"他朝那只纸鸟点了点头。

"你认为米尔顿不怀好意？"

"他肯定是在蓄谋什么事情，希望我们能在身份暴露之前，就搞清楚他要干什么。他越是不了解我们，就对我们越有利。"

"那现在怎么办？我们根本就不知道他去了哪里。"

他们慢慢走出房间，来到门厅。

"如果我们弄清楚哈普沃斯先生究竟遭遇了什么事故，应该就能明白这里到底是怎么回事了。"博士说。

"他去过嘉年华。"克拉拉说，"米尔顿也是。这算一种联系吗？"

"算是。然后还有这些鸟……"博士停顿片刻，用手指敲了敲下巴，"我们应该把那只鸟拿上，更详细地检查一下。"

克拉拉跟着博士回到会客室,"对一只纸鸟实施保护性拘留[1],我还是头一次听说。"

"但现在不行了。"博士站在窗边说。

"为什么不行了?"

"因为它不见了。"

克拉拉也走了过来,看着布满灰尘的窗台。那只纸鸟确实不见了。

博士抬起手,在没有玻璃的那扇窗口试探了一下,"有风,可能是被风吹走了。"

克拉拉看了看周围,"但又去哪儿了呢?不在地上,到处都找不到。"

"窗框和墙之间有缝隙,大概是掉到缝隙里了吧。"

"嗯,那样的话就拿不到了。那只鸟很重要吗?"

博士陷入了沉思,他眉头紧蹙,前额都皱了起来,"我暂时想不到它有什么重要的,至少就它本身而言。是有人把它放在那里的。根据瓦斯特拉的说法,也有人放了三只在哈普沃斯家。但问题是,究竟是谁放的?为什么要放呢?"

---

[1]. 一般指突发事件发生后,在调查期间,为防止涉案当事人受到不必要的伤害而采取的措施。

6

　　傍晚的阳光在稀疏的云层之间洒下微弱的光。天色已经转暗了，再过一小时就会被黑暗所笼罩。四周越来越冷，雪在脚下发出了脆响。博士和克拉拉从前门离开了那座空荡荡的房子，开始往河边走。如果他们有人回头看看身后的街道，就会看到有东西正在空中随风飞舞，犹如一片巨大的雪花。

　　凑近看则会发现，那白色的东西根本不是雪花，而是一张纸，被折成了鸟的形状。它很小，飞行的时候僵硬而有节奏地拍打着翅膀。它并不是在空中胡乱飞舞，而是沿着街道拐了个弯，飞入了另一条街道，在这个午后，摇摆不定地持续飞舞着。

　　在街道的拐角处，有一男一女正看着那只纸鸟飞近。男人穿着黑色外套，拿着一根银头乌木手杖。女人穿着红色的长斗篷，兜帽遮住了她的头。当她抬头看那只鸟的时候，淡淡的阳光照亮了她美丽的面庞。鸟儿飞近之后，她抬起胳膊，朱红的布料从她的胳膊上垂了下来，仿佛一片闪耀的血瀑布。

　　纸鸟停在她的胳膊上，最后拍动了几下翅膀。

"你来了,小朋友。"西卢埃特喃喃道,"你要告诉我们什么事呢?"

鸟已经停稳了,但它依然竖在红色的斗篷上。随后,它忽然倒了下去,再也不动了,成了普通的纸。

"可以让我来吗?"米尔顿说着伸出了手。

西卢埃特把鸟从胳膊上拿下来。她先是拆开鸟的翅膀,然后又拆开它的身体,把它展开抚平成一张纸。她看了看,然后微笑着递给米尔顿。

纸的另一面,也就是折在里边的那一面上,写满了字。是干净、纤细、整齐的字体。

她说:又是折纸,这不可能是巧合了。

他说:是啊。才放这儿没多久,上面的灰很少。但是,我不相信米尔顿先生大老远跑来,就是为了放一只纸鸟。

她说:那你认为他是在做什么呢?是某种需要耗费能量的事情,对不对?某种很高级的能量形式才能产生我们探测到的那种尖峰,对不对?

他说:不管他在做什么,肯定都不是好事。更何况已经死了一个人,这其中肯定有联系,尤其是眼下这种状况。

她说:你认为米尔顿不怀好意?

他说:他肯定是在蓄谋什么事情,希望我们能在身份暴露之前,就搞清楚他要干什么。他越是不了解我们,就对我们越有利。

她说：那现在怎么办？我们根本就不知道他去了哪里。

米尔顿点头笑了笑，读完了纸上的文字，"干得好，西卢埃特。"

"有用吗？"她问。

"非常有用。"

"我就说那两个人很奇怪。古怪而且危险。"

"你的直觉一向很准，安菲尼提也有同样的担心。现在我们明白是怎么回事了。"他看了看手里的那张纸，"这个博士跟我一样，绝不会是维多利亚时代的绅士。"他把纸捏成一团扔掉了，"赶紧把他和他的朋友都除掉吧。"

"他们为什么会到嘉年华来呢？"西卢埃特问。

"'有人死了。'这是博士说的。"米尔顿回答，"肯定是指哈普沃斯。"

"他们知道哈普沃斯的见闻了吗？"

"应该不知道，否则他们就不会去调查嘉年华了。因为根本就不需要，而是会直接盯上你。"

"那他们就是还在黑暗中摸索。"西卢埃特说。

"对。但是，万一他们摸到了什么重要线索就危险了。西卢埃特，我希望能马上除掉他们。你和安菲尼提谈谈，把这事儿给办了。要快。"

他们沿着街道慢慢离开了。在他们身后的人行道上，那个被揉成一团的纸片落在了雪里。它仿佛随风抖了抖，然后渐渐被雪水所浸透。黑色的墨水渐渐向四周晕开，然后就像从伤口流出的血一样，浸进了雪地里……

天很快就黑了。克拉拉看见路堤沿线的煤气灯逐渐亮了起来。昏暗的路灯一路向前洒下光芒，慢慢照亮了通往霜雪集市的那条小路。集市上的灯也都亮了起来，灯光从雪地和结冰的河面上反射回来，让这个区域产生了一种诡异的超现实的质感。

"我以为是有专门点灯的人去把所有路灯都点亮。"她说。

"现在没有了。"博士告诉她，"在煤气路灯出现的初期，确实需要有人去点亮，但现在都是自动控制的了。维多利亚时代的人很聪明，发明了各种东西，也包括动力飞行器。"

"不会吧。"克拉拉说，这项发明她是知道的，"那是莱特兄弟发明的。第一架动力飞行器是在美国基蒂霍克小镇[1]发明出来的。"

"那是因为他们宣传到位，"博士回答，"大家都只记住了莱特兄弟。可他们那只是第一架户外动力飞行器。"

"户外？"

---

[1] 位于美国北卡罗来纳州戴尔县。

"维多利亚时代发明的飞行器比他们要早得多,只不过是在室内使用的,放在大仓库里。可以算是机关或者戏法之类,用来表演或者娱乐。他们并不觉得那东西会很实用。"

"所以他们就把功劳让给了莱特兄弟?"

"英国人干了什么都不大乐意四处嚷嚷,也不会去抢夺别人的荣誉。他们在第二次世界大战期间就发明了计算机,可是过了几十年都没跟别人说。我估计你班上的学生也一样,自己做完了事儿,然后高高兴兴地让别人去出风头。当然,我也一样,每次咱们有了什么成就,我都会把功劳让给你。"

克拉拉看见他的嘴角翘了起来,就知道他是在吐槽自己。她轻轻捶了一下他的肩膀,"我们去找珍妮吧,她还在这里呢。"

"她的确在。"博士指向一位身材苗条的黑发女人,她正朝他们走过来。

时间已从下午进入晚上,气温开始下降。珍妮提议,大家一起回主祷文街去吃晚餐,也顺便烤烤火。克拉拉完全赞同,冷气早已穿透她的鞋底,进入了她的骨头,她觉得自己的手指尖都没知觉了。

斯塔克斯在晚餐时分短暂地露了一面,他十分骄傲地告诉大家,自己的调查正顺利展开,希望能很快排除一部分嫌疑人。克拉拉觉得,斯塔克斯所谓的"排除",很可能不是指打消对那些人的怀疑。晚上的大部分时间里,他们都在画室里待着。博士、克拉拉、瓦斯特拉和珍妮,大家都坐在一起喝茶聊天,之后还喝了点儿酒。

最终,他们还是不可避免地聊到了马洛·哈普沃斯之死,以及今天所做的各项调查。

"他肯定去过那个嘉年华。"珍妮说,"我找到了好几个确定自己见过哈普沃斯的人。根据一个目击者描述,他饶有兴趣地观看了影子戏表演,结束后还去找了表演的人。"

"是西卢埃特,"博士说,"我们也和她交谈过了。那个表演确实很精彩。"

"你认为哈普沃斯看到了什么不该看的东西吗?"瓦斯特拉问。

"在影子戏表演的后台?"克拉拉补充道。

"我认为他看见,或者偷听到了什么,"博士表示同意,"但不一定是和影子戏表演有关。也有可能是他去了帐篷后面,发现了别的人,或者隔着帐篷听见了某段对话,或者……"他盯着火炉不说话了。

"犯罪现场是什么情况?"克拉拉问,"那里有线索吗?"

"唉,没有,"瓦斯特拉说,"就是一具尸体躺在一间上了锁的房间里。很简单的场面,但完全不现实。"

"那和折纸之间的联系呢?"

"什么联系?"珍妮问。

克拉拉简单说了一下他们跟踪米尔顿来到一座空屋,在窗边发现了折纸鸟的事情。

"是有联系。"博士说,"说不定还是关键联系。但是,我还没想到如何把它们拼凑在一起。"他又忽然跳起来,"我知道我们需要什么了!"

"需要什么?"克拉拉问。

"需要好好睡上一觉,起来后吃一顿美味的早餐。然后,再去调查一天。"

"但究竟调查什么东西呢?"瓦斯特拉问,"哈普沃斯的书房里已经没什么可看的了,而且他的男仆也说得很明白了。"

博士说:"看样子,珍奇嘉年华是焦点。每个人都去过那里——哈普沃斯、米尔顿……但是为什么呢?他们去那里找谁?或是找什么呢?"

"你认为我们该再去一趟?"珍妮问。

"没错。"博士走来走去,手指捏着鼻梁认真地思考着,"我觉得我该再和西卢埃特小姐谈谈。"

"你喜欢她吧?"克拉拉说。

"她漂亮吗?"瓦斯特拉问。

"漂亮。"克拉拉说,"如果按照十分制打分的话,她能得十二分。"

"真的吗?"珍妮问博士。

博士似乎在看自己的手指甲,"什么?哦,我不知道。我没注意。"

7

克拉拉起得晚了些,她起床的时候,大家都已经各忙各的去了。斯塔克斯去了东区,继续他那边的调查。博士和瓦斯特拉一边喝茶吃煎饼,一边交谈。珍妮则在其他房间忙碌着。

瓦斯特拉向负责调查哈普沃斯一案的警官保证过,一有新发现就会通知警方。然而眼下并没有任何新发现,而且他们对这个案子大概也没什么兴趣。

目前确有线索显示,哈普沃斯并不是死于自杀,而是在一间上了锁的房间里莫名其妙地遇害了。但警官对这类线索一概冷漠无视。此时,博士、克拉拉和珍妮已经准备好再次出发,前往霜雪集市。

室外很冷,不过雪至少暂时停了。天空本该变得晴朗,但是伦敦的浓雾将整座城市都裹在了一片灰色之中。他们路过威斯敏斯特宫,那铅笔素描般的轮廓在灰蒙蒙的空气中若隐若现。大本钟沉闷的声音提示着人们现在是某个半点。

霜雪集市上的人少多了,可能是因为起雾了,也可能是因为现在时间尚早。

他们朝珍奇嘉年华走去,博士说:"我去看能不能和我们的朋友西卢埃特谈谈。你们去问问别人,看有没有人认识这位神秘的米尔顿先生。"

"我们为什么不能和你一起去?"克拉拉问。

"如果只有我的话,她也许会态度更积极一些。你们去只会碍事。"

"更积极什么呢?"珍妮问。

博士耸了耸肩,"各种事情。哈普沃斯感兴趣的事情,哈普沃斯看见的那些事。"

"你是怕我们破坏你侦查的路数吗?"克拉拉问。

"你们不会破坏我的路数。"

"因为你根本就没有什么路数。"克拉拉见他不高兴了,赶紧补充说,"开玩笑的,开玩笑而已。真的,哈哈哈。我觉得你的路数相当好。"

博士的态度好了一点儿,"我觉得那位女士很警惕。"他低声说,"我们等会儿再碰头吧。至于你说的那个,我的路数——我的绝妙路数——是不可能被破坏的。"话毕,他转身大步走进嘉年华的入口,抛出一枚闪亮的便士。片刻后,博士便消失在了浓重的灰色雾气之中。

克拉拉说:"我希望他别又把明年的硬币拿给人家。"

"今天应该也和昨天一样。"珍妮说,"一样的问题,只是不一样的回答。好吧,那这位米尔顿先生长什么样?"

克拉拉尽可能详细地描述了一番,"他大概四十多岁。瘦,但不高。黑色的头发,剪得很短,有些脱发,但是还没有变白。"

"多半是染过。"珍妮说。

"有可能。我感觉他很自负。蓄着胡子,有点儿像山羊胡,但是比较短,你知道吧——就是贴近下巴的那种。他穿着黑色的大衣。对了,他还拿着一根银头的黑色手杖。"

"是位体面的绅士,对吧?"

"差不多吧。"克拉拉说,"今天我们是一起行动,还是分头行动?"

"还是分头行动比较好。但是,不要分开太久。调查完霜雪集市后,我们就在茶点帐篷集合?"

"挺好。我过不了多久就想喝点儿热饮。喝完了茶我们就去嘉年华,看博士跟表演影子戏的女士说完了没有。"

上午晚些时候,浓雾散去了一些。即便如此,克拉拉还是很难看清临近的摊位。她向一位卖毛线围巾和披肩的女人询问米尔顿的事,但对方完全帮不上忙,这让克拉拉有些烦躁。正在此时,一个人穿过浓雾朝她走来。克拉拉注意去看他的时候,那人的脸似乎闪了一下。等他完全从雾中走过来时,克拉拉才认出是那位年轻的教师奥斯瓦德。

他显然很高兴见到她,"克拉拉,想不到你今天也在。"

"我也是。"她回答,"不过,我倒是真的很想见到你。"

"是吗?"

她拉着奥斯瓦德的胳膊和他一起穿过集市,"你那位雇主,米尔顿先生。"

"你昨天见过他了。"

"他真是一位很有魅力的绅士。跟我说说他的事儿吧。"

"米尔顿先生的事情?"

"别担心,他不是我喜欢的类型,完全不沾边。"

奥斯瓦德想了一下,"哦,那就好。"

"说吧?"

"嗯,他很有钱。据我所知,他捐助穷人,还有个捐助基金。好像也没有别的事可说了。为什么你要打听这些?"

克拉拉没理会这个问题,"那么,他的钱是从哪儿来的?是继承家业来的吗?"

"不,都是他自己开工厂挣的,生产商品之类的,也不知道到底是在生产什么。我真的不是特别了解他,抱歉。"

"没关系,不是你的错。"

"和别人不熟当然不是谁的错吧。"

"不,当然不是。"克拉拉表示同意。

"他最主要的一家工厂是在阿比内斯大街,这点我倒是知道的。之前我在面试教师职位的时候,就是在那里跟他见的面。"

"那你看到那家工厂在生产些什么了吗?"

"我只看见有很多机器,油腻腻的,很吵,别的就不太清楚了。"

克拉拉想了想,"那阿比内斯大街在什么位置呢?"

"离这里不远,靠近东区。坐马车去的话,很快就到了。"

"很好。"克拉拉有了打算,"那你带我去吧。"

"什么?"奥斯瓦德停下脚步,转身盯着克拉拉的脸,"现在就去?"

克拉拉露出了最迷人的微笑,"你还有别的要紧事儿要办?"

"也不算要紧。只不过,等会儿我要去上课。我是为了抄近路才从集市路过的。但是,也许可以请个假晚点儿再上课。"

"真的可以吗?"

"老实说,我也不知道。之前从没有过这种情况。这样吧,"奥斯瓦德说,"我可以叫一辆马车先送你去阿比内斯大街。然后,等把课程重新安排好了之后,我就去找你。万一不能请假,那米尔顿先生也多半会在工厂,他可以回答你的任何问题。那样的话,我就上完课再去找你,大概一个小时之后吧。你觉得这样行吗?"

克拉拉想了一下。一个人去真的好吗?可是,在这大雾天寻找珍妮也很麻烦,而博士更是不见踪影。万一他还跟西卢埃特在一起的话,就更不好去打扰他了。

奥斯瓦德从背心口袋里掏出怀表,看了一下时间,"抱歉,我真的必须走了。"说着他理了理自己的头发。

"那我们就边走边叫辆马车吧。"克拉拉说,"然后你再看看能不能请假推迟上课的时间。"

珍妮在集市上走着,雾渐渐变淡了。一些摊主和集市上的艺人都记得她昨天就来过。

卖栗子的人笑着问她:"还是没找到那个人?你需要的话,我也可以帮你,明白我的意思吧?"

"非常明白,但是不用了。"她回答,"你到底有没有见过那个叫米尔顿的人?"

"我不记得你说的这位先生,但看到过也说不定。这人听起来就是位有钱的大老爷。"

而其他人甚至连珍妮昨天来过都不记得了——也就是说,他们肯定不记得关于米尔顿的任何细节了。但珍妮还是坚持问了每一个人,搜集零零星星的消息。他有可能路过这里,可能在那里买过一个东西,好像还和一个男人在那边说过话——但是,也可能是和某个女人说过话,大概……

珍妮离开了卖棉花糖的摊位,眼前满是迷雾。突然,一阵风拂过,迷雾吹散了。那人是克拉拉吗?她离开集市到路堤上去了吗？珍妮皱着眉头跟了上去，但是浓雾又重新弥漫起来，她已经看不见克拉拉了——也不知道那究竟是不是克拉拉。

珍妮走到集市边，浓雾中突然冒出一个人和她撞了个满怀，让珍妮后退了好几步。

"我的天，真是太抱歉了。"

那位撞了珍妮的年轻人赶紧拉住她的胳膊，把她扶稳。

"我没事。"她回答。

那人笑着说："今天真是什么都看不清。"

珍妮也笑了。这人虽然走路不小心，但至少还挺有礼貌的。然而他说得也对，毕竟不是他的错。他穿着朴素的西装，戴着简单的帽子。金色的头发从帽子底下露了出来，显得有点儿乱。他看起来和珍妮的年龄差不多，颧骨突出，眉眼分明。长得还挺好看，珍妮心想。

他说："抱歉，耽误你赶路了。"

"没关系。"这时候已经完全看不见克拉拉的身影了，也许她根本就不是克拉拉，"其实我没什么事儿，就是在这里逛逛。"

"那么，如果方便的话，你愿意和我一起逛逛吗？"他接着又补充了一句，"我叫斯通。"他微微抬了抬帽子，更多的头发乱糟糟地垂到了额前，他又立刻把头发往后理，"吉姆·斯通。朋友们都叫我吉米。"

珍妮也做了自我介绍，吉米笑了，"我姐姐也叫珍妮，真巧。"

他们一起在集市里走着,原来吉米也是一名帮工。他对珍妮说,他在"梅费尔区[1]一座大宅的厨房"里工作,"我本来今天下午才休息,不过提前走了,想来集市上看看,顺便吃个午饭。"

"但今天雾这么大,真是遗憾。"珍妮对他说。

那位对斯塔克斯说会把调查情况告诉他的警官,确实说到做到了。

他俩坐在当地一间客栈的角落里,警官说:"昨天晚上又发现了一名死者,跟之前的受害者一样,只剩下一具干枯的躯壳。"

"这个受害者是在哪里发现的?"斯塔克斯问,"我需要以银河零点中心[2]为参照计算出的具体坐标。"

"我搞不懂那些。"警官说,"那个可怜的女人当时在小哈珀街。"

"那小哈珀街在战略上有什么重要的意义吗?"

警官皱起眉头,"它在阿比内斯大街的旁边,这么说不知道对你有没有帮助。"

---

1. 伦敦的上流住宅区。
2. 在神秘博士宇宙中,银河零点中心是用于测量某星球或某定位距离的参照点,是银河坐标系的起点。

斯塔克斯想了想，"可能是有帮助的。"贝拉米的尸体也是在阿比内斯大街旁边的小巷子里被发现的，"谢谢你提供的消息，原始人。很有帮助。"

斯塔克斯站起来的时候，警官问："到底是谁或者什么东西杀死了这些人，你有什么想法吗，斯塔克斯？"

"不知道。"他回答，"不过，我有一个同僚曾说过，将一切不可能的因素排除后，剩下的事情不管多么令人难以置信，也都必须被排除掉[1]。再见了，警官。"

---

1. 这句话根据神探福尔摩斯的名言改编而来，原句是："将一切不可能的因素排除后，剩下的事情不管多么令人难以置信，也必然是无可辩驳的事实。"

8

尽管奥斯瓦德说阿比内斯大街并不远,但是坐车过去还是花了很长的时间。克拉拉坐了一辆小巧的双座马车,一路上所见的大部分景象都是马屁股和周围的雾。她觉得有些不安——要是马车急停的话,这个座位上可没有任何东西能阻止她朝前摔出去。车夫坐在车后顶篷旁边的座位上,根本就看不见,全靠挥鞭子的声音和偶尔几句催马前进的话,她才能确定他的存在。

马车在石子路上颠簸着,发出咔嗒咔嗒的声音,克拉拉被晃得有些难受。她本来觉得自己挺了解伦敦市中心一带的,但是由于视野狭窄,很多地标建筑都没法看见,所以她很快就迷路了。不过,从逻辑上判断,那些地标建筑应该还没动工修建。

终于,车夫"吁"了一声,马车随即停了下来。之前奥斯瓦德坚持付了车费。虽然博士给过克拉拉一些钱,但是分辨不熟悉的钱币确实挺麻烦的,所以她就欣然接受了。

克拉拉下车的时候,车夫碰了碰自己的帽子说:"阿比内斯大街。"

他们正在一条长长的街道尽头。根本不用问米尔顿的工厂在哪里,即使在浓雾中,克拉拉也能看见街道一侧修建着层层叠叠的房屋,而另一侧却只有一座建筑——它有着巨大、单调、极其冷酷的砖砌外墙。墙上的窗户看起来空洞而黑暗。

"在哪儿叫车比较方便呢?"克拉拉问,万一奥斯瓦德没能和她会合呢?

"最好是在那边。"车夫指了指他们过来的那条路,"走到尽头之后往左拐,就到了莫瑟囤街。那里比较容易叫到车。"

"谢谢。"

"但是,不要去那条路。"车夫指着工厂所在的路,"那可不是什么好地方。小姐,路上小心。"

随后,仿佛是为了强调刚才的那番话,车夫掉转马头原路返回了。车子已在雾中消失了很久,但克拉拉依然能听见车轮碾过石子的声音。

克拉拉原以为能在附近找个地方等奥斯瓦德——当然她其实根本就没怎么想这个问题。因为她觉得至少会有长凳,也许甚至会有茶馆或者咖啡屋。但这一带却什么都没有,只有那座刻板的工厂。而工厂对面的房子呢,凑近一看似乎全都是空的,而且仿佛随时都会倒塌一样——除此以外,就什么都没有了,只剩下一片浓雾。

她沿着街道慢慢走去,周围没有任何人。令人惊讶的是,工厂里一点儿声音也没有。按理说，她应该能听见机器设备运转和工人们说话的声音才对吧？难道这座工厂完全隔音，所以没有丝毫声音传出来？墙上有窗户——很高很黑的窗户，里面一点儿光也没有，难道他们装了遮光板……或者，是不是根本就来错地方了？但那位车夫看起来很友好，也挺乐于助人的，应该很了解伦敦的道路才对。

克拉拉索性掉头，打算返回街道那头下车的地方。在工厂建筑的尽头，有一块牌子，上面写着"阿比内斯大街"。虽然文字有些褪色，但地方的确没错。然而，周围确实没有丝毫的生气，也找不到任何入口。也许入口是在另外的哪条街上吧。也许这一片的工厂根本就没有投入使用，所以才会如此安静。

如果真是这样的话，就得绕着工厂走一圈，看看能不能找到人，或者入口，或是别的什么动静……很有道理。但是，当克拉拉沿着狭窄的小巷走下去的时候，另一部分理智告诉她，也许应该接着等奥斯瓦德才对。然而，奥斯瓦德不知道什么时候才能来，不知道他什么时候才能请好假。如果请不了假，就更不知道要等多久了。所以，她最好还是先在这里绕上一圈，至少找到入口。

巷子很黑而且异常封闭，雾让这里显得更加狭窄了，两侧的墙壁充满了压迫感。克拉拉快步走着，高跟鞋的声音在石子小路上回荡着。这时，墙上出现了一大块黑色，原来是一扇门，沉重的木门嵌在墙里，这无疑是入口。克拉拉试了试，门一动不动——

被牢牢锁死或是闩住了。她沮丧地踢了一脚,然后离开了。

也许整座工厂都被关闭了。她不清楚奥斯瓦德是多久之前来这里面试的。说不定自他上次来过后,米尔顿就把工厂全部关停了。但克拉拉认为即使如此,工厂内也应该有一些线索才对。比如可以揭示米尔顿的真实身份,透露他到底在做什么事儿的东西。

她又找到一处嵌在墙里的木门——但依然打不开。现在,她可以接着寻找,也可以就此返回。克拉拉发现,小巷突然顺着工厂的外墙转了个弯,很快她就来到了另外一扇门前。它的两扇门板比较不一样——它们很大,和墙面齐平。这是她目前找到的最像正门的入口了。门上写了一些字儿,但是由于褪色得厉害,克拉拉怎么也看不明白。

和意料中的一样,克拉拉又推又拉,门却纹丝不动。不过,在其中一扇大门上还开了扇小门。克拉拉没抱什么希望地随手试了试,结果门咔嗒一下就开了。

她终于进去了。但这座建筑只是个空壳,里面空荡荡一片。窗户上积满了灰尘,浓雾顺着缝隙飘了进来,微光也紧随其后。克拉拉抬起头,看见了高处的房椽。最远处的那面墙应该就建在阿比内斯街上,只不过它隐没在了阴影和迷雾之中。克拉拉其实是沿着另一侧走过来的,难怪没听见任何声音。

在这片彻底的寂静里,半空中忽然传来一阵拍打翅膀的声音。大概是一只鸟困在了里面吧。她穿过房间,有些地方还留着一些固定装置或者小洞，大概是以前安放机器的位置。克拉拉猜想，也许工厂关闭还没多久。这里头充满了油、灰尘和湿气的味道，残留的金属支架闪耀着微弱的光。如果时间久了，这些金属肯定是会生锈的——就像窗户的金属边缘一样。

再往前走，克拉拉发现地上堆积着一些东西。看起来像雪，但雪似乎飘不进来。总之，就是一片白色。走近之后，她才发现那些白色的东西像是满地的纸屑。她蹲下来，捡起一片，原来是一张纸，被折成了小鸟的形状……

这时，门在她身后砰的一声关上了。克拉拉吓了一跳。是因为风吗？但根本就没感觉到风。她不安地赶紧起身往门口跑。门锁上了，而她没看到钥匙，也没找到钥匙孔。她所看到的，是一小块安装在旁边墙上的塑料按键锁。这种安全锁如果是在她自己时代出现并不奇怪，但现在是十九世纪末，这东西时空错位得有点儿吓人。

她的手指间有什么东西动了动，抬起手一看，竟是那只折纸小鸟想要挣脱出来。她惊讶地松开手，纸鸟就像只大蛾子一样在空中舞动，扑着翅膀飞走了。

紧接着，地上所有的鸟似乎都活过来了。雪白的纸片飞向空中，无数折纸小鸟飞了起来，聚集成群，然后突然冲向克拉拉。

克拉拉瞬间被包围起来，暴风雪般的纸片拍打着她。她抬起手保护自己，一只纸鸟用翅膀的边缘割破了她的手背。她努力拍掉这些东西,然后想逃跑。但纸鸟马上追了上来,绕着她的头飞,阻挡了她的视线。所有东西都被这片旋转的白色遮住了,它们不停地挠她打她。

克拉拉不小心被地上的金属支架绊了一跤。往下跌倒的同时,她闭上了眼睛,心知自己肯定会重重地摔上一跤。但是,她的头却没有撞到任何东西。她睁开眼睛,发现自己恰好摔在了一口深坑的边缘——那是一口很大的坑,深不见底。再上前几步,她就会摔进坑里丧命了。

克拉拉费力地站起来,抓住一只纸鸟。它挣扎着想逃,但还是被撕成了碎片。纸片像雪花一样飘走了。

周围依然是白茫茫的一片。纸鸟想逼迫克拉拉往坑里走。她有些站不稳,而且也看不见,手和脸还被划伤了不少。所以只能跪倒,尝试着爬出去。

但是,那些鸟无处不在。它们爬得她全身都是,用纸折成的尖嘴巴啄她的脸,扯她的头发,还用翅膀刮她的面颊,甚至想爬进她的嘴里,或是挖她的眼睛。

克拉拉做了她现在唯一能做的一件事——喊救命。她一遍又一遍地喊。

即使她知道不会有人来。

9

表演影子戏的帐篷暂时关门了,外面摆着一块公告牌,上面说表演下午开始。博士也许可以溜进帐篷四处察探一番,但是帐篷里说不定有人。而且,他也不确定到底能在那里头找到些什么——其实他只是想和西卢埃特谈谈。他想知道,她是否还记得哈普沃斯?她和哈普沃斯说过话没有?是什么东西让他那么恐慌?影子戏表演结束后,他又去了什么地方?

博士绕着这顶大帐篷走了一圈,试着去叫门,然后又从反方向绕着帐篷走了一圈。接着,他又绕着整个嘉年华快步地走了一圈,同时在心里确定了下一步的最佳行动方案。

霜雪集市的另一头,珍妮还在跟吉姆聊天。真的该继续去问米尔顿的事情了,珍妮心想。不过,吉姆是个很令人愉快的同伴,他们有不少的共同点,兴趣相投,甚至连笑点也相似。

吉姆仿佛察觉到了她的想法,对她说:"我该让你继续去忙了。抱歉耽误你的时间。"

"耽误？"

"我遇到你的时候，你不是正想离开吗？"

"啊，不是的。"珍妮回答，"当时我好像看到了一个朋友，仅此而已。我只是来集市办点儿事情。"

"雾这么大你还能看见她，真厉害。"吉姆开玩笑地说。其实现在雾已小了一些，"不过既然你还要在这儿待上一阵，我们等会儿或许还能再见。"

"是啊，"珍妮说，"或许还真能。"

他碰了碰帽檐，"非常期待。再见。"

珍妮目送他消失在了雾中。她得继续干活了，不然克拉拉回头该质疑自己到底去干了什么。

这天早上，斯塔克斯的主要调查工作，就是弄清楚谋杀案受害者们生前最后的行动。他走访了那些人生前最后一次被目击到的地方，计算出了目击地点到陈尸地点的最短路径。

然后他又按照这些路径，逐一去了所有的陈尸地点，并且询问了沿途遇到的每一个人。绝大多数人都很愿意告诉他自己没遇到任何人，也没看到任何事情。只有极少数人不愿配合，他不得不威胁他们自己会严刑逼供。

他所搜集到的大部分消息都没有用，其中很多都是"我也许记错了""也可能是星期四"之类的话。不过也有几个人的描述引起了斯塔克斯的注意，他们都提到了一个黑衣人，穿戴看上去如同要去操办丧事的殡葬业者，在受害者死亡的时间和地点附近出现过，而且斯塔克斯自己也遇到过这样的人。

这个人会和谋杀案有关吗？斯塔克斯心想。他也亲眼见过那个人——有可能是同一人。但那时，贝拉米已经死去很久了，尸体也都被移走了。也许他就只是个前来搬尸体的人吧，毕竟他的工作就是跟死亡打交道……

但即使如此，他还是决定去贝拉米死亡的地点再看看。反正也没有别的事，况且，他也是在那里遇到黑衣人的。于是，他目标明确地穿过浓雾，想到至今也没迎来什么进展，不禁心情沉重起来。他把一个行人从人行道上挤了下去，还啐了人家一口说："弱鸡笨蛋！"旁边的马车猛地一个急转，才躲过这个摔倒的行人，同时也勉强避开了对面来的马车。马匹吓得惊叫起来。然而，斯塔克斯完全无视这一切，继续大步地向前走去。

贝拉米尸体被发现的那片地区几乎荒无人烟。倒是个实施谋杀的好地方，斯塔克斯心想。只不过这周围的行人太少了，也找不出几个嫌疑人来。他找到了那条狭窄的小巷，慢慢沿路走过去检查地面，寻找线索。地上基本都是变成污泥的雪，看上去仿佛是凝结成固体的浓雾。

他快要走到巷子的尽头时，巷子一侧的巨大建筑里忽然传来一阵声响。是人发出的各种声音。虽然斯塔克斯很难听清，但那声音似乎充满了恐惧——是尖叫——这还是能立刻分辨出来的。从本性上来说，斯塔克斯并不会去主动帮助处于危难中的人。但万一那边正在打仗或者格斗呢？那他就一定要去凑凑热闹了。从尖叫的声音判断，战斗一定很激烈。他舔了一下没有血色的薄嘴唇，开始寻找入口。

最近的那扇嵌在墙里的门被锁上了。但那只是扇木头门——非常原始的材料。于是，斯塔克斯垂下肩膀冲向了那扇门。门一下就被撞开了，他冲进了一座宽敞的单层建筑，里面只有四面墙，十分空旷。房间的另一头，仿佛有一场小型的暴风雪正在袭击一个身材娇小的人。

他走近之后，看清楚了两样东西：第一，那场雪其实是叠成某种形状的纸片；第二，被袭击的人好像是博士的朋友克拉拉。

"你们这些木浆渣滓，立即撤退！"斯塔克斯一边喊着，一边加入了战斗。跑过去之后，他看到地上有个很大的坑，发现那些纸片是想把克拉拉推进坑里。于是，他低头冲进了纸片暴风雪中，一把抓住了克拉拉，把她给拖了出来。

但纸片也追了过来。斯塔克斯发现，这些东西不只是烦人而已，事实上它们非常暴力而且执着。他感觉自己脖子后面的出气口不停地受到细小的攻击，还有些疼痛。万一它们钻进出气口，造成阻塞……

"斯塔克斯，是你吗？"克拉拉问。

"你受伤了。"斯塔克斯说。不过她多半自己已经知道了。她暴露在外的皮肤被划伤了很多处,还在无比光荣地流着血——无疑是光荣地战斗过了,斯塔克斯不由得为她感到骄傲。

"我们得离开这里。"她说。

"撤退?绝不!"斯塔克斯心想,她其实也没那么勇敢。

"你杀不死纸片!"克拉拉坚持道。她用力挥手,绝望地拍打那些不断朝她冲过来的东西。

"啊,是个挑战,对吧?"

"不是挑战,这叫常识。"

斯塔克斯哼了一声,捏烂了一张纸,"没听说过。"

他拉着克拉拉退到了门口,但那些转着圈的纸片还是对他们穷追不舍。

斯塔克斯对她说:"听我的口令,然后趴在地上。"

"为什么?"

"避免你被消灭。莫非你准备好光荣赴死了?"

"还没有。"克拉拉老实承认,"那么,当你要——"

"趴下!"斯塔克斯大喊。

克拉拉立即像石头一样倒下了,她这下摔得又重又疼。但是,什么也没有发生。她抬起头,见斯塔克斯正低头看着自己,纸鸟仍在不断地发起进攻,克拉拉有些看不清他的脸了。

"很好,"他说,"这次是演习,下次就是实战了。"

克拉拉站了起来,一只纸鸟迎面飞来绞在了头发里,她一把抓出来,"哼,真好玩儿。"

"趴下!"斯塔克斯又喊道,于是克拉拉再次趴下。

这一次,斯塔克斯也跟她一起趴了下来。纸鸟在他们上方盘旋了片刻,似乎不明白猎物为什么突然消失了。趁着这个空档,斯塔克斯朝纸鸟群扔出了一个又小又圆的金属物体,接着就是一阵白亮刺眼的爆炸。纸片被烧成了灰烬,冒着烟落到了地上。空气中瞬间充满了跳跃的火花。几只纸鸟飞走了,但火焰烧掉了它们的翅膀和身体。最终,它们还是变得焦黑一片,落在了地上。

"燃烧弹。"斯塔克斯说着把克拉拉拽了起来,"你还好吗,少年[1]?"

克拉拉坐在工厂角落的木头箱子上。斯塔克斯拿出了一只战地急救箱,里面有消毒湿巾。虽然擦到身上会感觉很痛,但斯塔克斯向她保证说,这能在消毒的同时加速伤口的愈合。

"急救箱里还有什么别的好东西?"克拉拉问。

"战斗服,能够自动组合充气的义肢,当然还有弹药和应急口粮。"他又骄傲地补充了一句,"还有脱水水。"

"那是什么?"

---

1. 由于桑塔族通过克隆繁衍,只有一个性别,所以斯塔克斯对人类的男女性别感到很困惑,经常分不清。

"你只需要把水加进去,然后……"斯塔克斯皱了皱眉头,"嗯,也许脱水水不像我想象的那么有用。"

"谢谢你,斯塔克斯。"

"因为水的事情?"

"因为你及时赶来救了我。刚才那些到底是什么?看起来跟我们之前发现的折纸鸟很像。"

"是无人机。"斯塔克斯说,"经过编程,可以执行简单的指令,但没有内置武器。很原始,然而也很高效。"

克拉拉笑了笑,伤口很疼,"那你为什么会在这里?你是在找我吗?难道你在跟踪我?"

"我正在展开调查和实地勘查,是搜集信息的任务。贝拉米就死在这片区域。"

"是吗?"克拉拉慢慢地说,"他就是那个被杀害的人吗?珍妮说过,你在调查一位朋友的死因。"

"已经发生好几起谋杀了。"斯塔克斯回答道,"疑点重重,但都很相似。那你为什么会在这里呢?"

"我们在找一位曾在霜雪集市上出现过的人,他名叫米尔顿——你听说过这个人吗?"

斯塔克斯摇摇头,这动作让他整个上半身都在晃悠,"所以他是监视目标?"

"是的,他是这个地方的主人。不过,好像这里根本没怎么投入使用。"

"他是用这里来设置陷阱了。这是一次伏击。"

"你认为他知道我要来?"

斯塔克斯想了想,"可能只是一种防御机制,并不针对某一个人,只是无差别的袭击。这个霜雪集市……"

"集市怎么了?"

"贝拉米说他也去过霜雪集市,结果当天晚上就死了。他还说起过什么珍宝年嘉华。"

"珍奇嘉年华?"

"没错。"

"又是一个巧合。"克拉拉说,"也许并不是巧合。"她站起身来,虽然头还有点儿晕,但已经感觉好多了,脸和手都不怎么疼了,"我们得找到博士,把刚才发生的事情告诉他。还有你朋友贝拉米的事情。"

"你认为有联系?"

"有一些。走吧。"

他们朝着被斯塔克斯撞破的门走去,灰蒙蒙的阳光穿过高高的窗户洒在他们身上,投下了短短的影子。

"我们还得把门上有按键锁的事情也告诉博士和瓦斯特拉。"克拉拉边走边说。"同意。"斯塔克斯说,接着又问了一句,"按键锁?"

当他们离开工厂的时候，克拉拉的影子在门口停了下来。等到她和斯塔克斯都离开后，影子迅速地回到了工厂里。它溜上了墙，穿过窗户，然后从墙的另一边又溜了下去——苍白的阳光下，一道黑色的剪影出现在了外侧的砖墙上……

那道影子爬上了等候在阿比内斯大街尽头的一辆马车侧面，从车窗滑了进去。奥勒斯特·米尔顿正坐在车里，他俯身向前，双手紧握那支银头手杖，下巴则靠在手上。他看了一会儿坐在对面的影子，然后问道："完成了吗？"

影子摇了摇头。

米尔顿愤怒地抬起手杖，用力地戳向对面的座位。影子被敲成了细小的黑色碎片，闪了闪，然后就彻底消失了。他深吸一口气，然后用手杖往车厢顶上敲了两下。

驾车的是一位穿着朱红色斗篷的女人，她扬起鞭子催马前进。斗篷的兜帽盖住了她的头，脸部全然是一片阴影。

10

巡视了一圈回来之后,博士失望地发现影子戏表演的帐篷依然没人,门也依旧关着。门口的牌子仍写着下午开演,但是没写具体时间。如果要等西卢埃特回来的话,可能会等很久。

"也许她要准备一些布景。"博士也不知道究竟在和谁说话,"她当然要努力赚钱来生存。"博士打量着周围,发现没人注意到自己。他心想,也许影子戏法并不是西卢埃特的主要收入来源。但不管怎样,她现在都不在这里,而且四下也无人看守。

于是,博士解开了绑在帐篷门口的绳子,掀起沉重的布门帘,偷偷地溜了进去。

帐篷里出奇地黑。不过博士明白,周围的布必须很厚重才行,这样才能隔绝外面的光线。帐篷里越黑,纸偶在背景上的投影效果就越好。他从外套口袋里掏出音速起子,就着起子的亮光开始检查帐篷的内部。

没有观众,这里看起来更大了,帐篷的另一边消失在黑暗之中。里面的矮凳子也没能削弱空旷感。但博士对幕布后面的空间更感兴趣。屏幕和投影灯之间有一条狭窄的空隙,可供操纵纸偶的人站立。肯定不止一个操纵的人,博士心想,表演的时候有好多不同的影像,有鸟,有太阳,有云,还有龙。要不然就是西卢埃特多长了好几条胳膊藏在斗篷里,这也是有可能的。但是,总的说来,博士觉得这不太可能。

灯后面的帐篷上有个出口,从那里出去是附在大帐篷旁边的一顶小帐篷。这才像话,博士一边这样想着,一边走了进去。小帐篷的边上透进了一些光,但他还是需要音速起子的光芒才能把里面看清楚。

纸偶就放在一张盖着红布的搁板长桌上,都是用卡纸剪出来的形状。白色的纸片和红色的桌布相得益彰。这让博士想起了那位年轻女人的鲜红斗篷和苍白的脸。他拿起了其中一张纸片——是个长着参差胡茬的老人。做得很精巧,完全靠着轮廓和线条勾勒出了人物,没有细节也没有纹理,但却形状分明。

他小心地把这张纸片放了回去。这时,他又想起了另一件事,于是再次拿起纸片检查它的边缘。奇怪……他沿着桌子走动,依次检查每一个纸偶。不对,这些肯定只是模型才对,只是用来制作真正纸偶的模板。

既然是模板,那么真正的纸偶在哪里呢?他四处看了看,这里并没有其他可放纸偶的地方了。虽然有个小柜子,但里面放的只是空白的卡片、纸张,还有用来写公告牌的粉笔。他掀起桌布往下面看，借着音速起子的光芒，只能看见几块木板放在光秃秃的地上。博士的眉头皱得更紧了，他遗漏了一些很明显的东西。当然，除非他并没有……

她有可能把纸偶都随身带走了，或者是藏在了什么地方。但是，他之前在帐篷里都检查过了，没有可藏东西的地方。另外，不光是纸偶，这里还应该有拴纸偶用的线和牵动那些线的棍子才对，因为帐篷里没有设置可供操纵纸偶的人站立的高台。所以，这些特定形状的纸片肯定不是纸偶，因为它们并没有穿绳子用的孔，也看不出有用胶水之类的东西固定过绳子。

但是细想起来，另外一种可能性就实在太奇怪了。这些模板会是表演用的纸偶吗？博士边想边拿起另一张纸片。如果真是如此，也就是说，这些东西是以别的方式驱动的，不用绳子也不用棍子。那么，它们根本就不是纸偶，而是卡片和纸张构成的生物，可以自己活过来。

这真是既奇怪又荒谬，博士心想，就跟会飞的折纸小鸟一样奇怪而荒谬……

他正要离开，忽然听见大帐篷里传来一些声响，于是立刻站住不动了。那是木板的吱嘎声，有脚步声往这边来了。他本可以厚着脸皮等着那人进来，要求对方解释这一切……但是，万一来的人不是西卢埃特呢？也不知道谁会进来。在知道内幕之前，最好还是小心为妙。

有人问道:"西卢埃特?"

所以,进来的人肯定不是那位女士。说话的是个男人,音调很奇怪,没有任何起伏。博士掀起桌布藏到了桌子下面,关闭音速起子并放回了衣服口袋里。他的视线本就很不好,这下就更看不见了。不过,借着模糊的光亮,他还是看到了某条男人的腿迈进了小帐篷。那人穿着普通的黑色裤子。

那人又叫:"西卢埃特?"随即,他失望地叹了口气,站了一会儿,又转了个身,仿佛是要再四处看看。

在这样暗淡的光线下,那人跟博士一样看不见什么,甚至可能还没博士看得清呢。于是,博士冒险从桌下探出了头。只要那人不是专门盯着他,就很可能什么也看不到。

其实那人已经打算离开了。他来到门口,掀起了门帘准备回大帐篷去。在出去之前,他又回头看了看。

在这样昏暗的环境里,其实什么都看不清楚。也许是影子造成的错觉,也许是那人的姿势以及头部的位置形成了某种巧合,总之,在那一瞬间,当博士在黑暗中抬头看着他的时候,那人仿佛并没有脸。

米尔顿的马车在一座房子前停了下来,那座房子并不是博士和克拉拉头一天见过的房子。它离街道有一段距离,一排树丛正好挡住了路人的视线。西卢埃特让米尔顿从前门下车,然后驾着马车绕到了屋后马厩和马车房的位置。

米尔顿走进房间。他一进门,屋里的灯就自动亮了起来。那并不是煤气灯,而是明亮的LED灯。米尔顿脱下维多利亚时代的服饰,换上了更为舒适合身的合成材料衣服。接着,他下楼去画室所在的区域。画室现在改成了他的书房,里面铺着没有花纹的浅色地毯,全息投影的火炉周围,摆放着款式简洁的沙发。有一小段台阶通往一处抬高的平台,边上环绕着一圈被钢丝缠绕的钢制栏杆。

他的书桌就放置在屋子的中间。桌上有一块屏幕,上面显示着屋内各个区域以及屋外周边地区的影像。米尔顿瞄了一眼屏幕,然后走到了边桌旁,上面有个银托盘,里面摆着朴素的玻璃水瓶和杯子。他刚给自己倒了一杯饮料,就看到西卢埃特走了进来,"也给你倒一杯吗?"

"好的,谢谢。"

她脱下红色斗篷,放到了沙发靠背上。她的斗篷底下,是同样鲜红的紧身长裙。一枚精心切割的硕大椭圆形红水晶挂在银色的项链上,垂在她的颈部形成一个V形。当她盘腿在火炉边坐下时,水晶反射出了那投影而成的火光。

米尔顿递给她一杯浅色的黏稠液体,自己则坐在临近的沙发上,"亲爱的,我们现在知道了些什么?"

西卢埃特抿了一口自己的饮料说:"那女孩逃走了,这说明他们很有本事。"

"那位博士也很碍事。"米尔顿说,"他看起来什么都不知道,老是一副心不在焉的样子,但其实他知识丰富,而且充满了好奇心。"

"那其他人呢?"西卢埃特问,"另一个年轻女人和那个被称为'伟大侦探'的女人,还有那个……"她犹豫了一下,想找个合适的词,"那位安帕斯遇到的先生?"

"我也不知道。"米尔顿回答,"但我们一定能搜集到更多情报。安帕斯遇到的肯定是个外星人。但是,信息太少,判断不出他是什么种族,各种可能性都有。如果他真的像克拉拉·奥斯瓦德小姐一样棘手,那就更加值得关注了。至于说其他人……"他端着杯子想了一会儿,全息火炉的光芒反射在了液体的表面,"最简单的办法就是,把他们全部都杀了。"

"杀了他们?"西卢埃塔诧异又震惊地吸了口气。米尔顿则把杯子放在沙发旁的小桌上,俯身去看西卢埃特。

"你觉得不安?"

"是的。不……"她皱起眉头,困惑地摇了摇头,"我不知道。"

"没关系。你的内置能量源需要充能了。现在可不能让自我意识和道德感影响我们的计划,对吧?"他站起来走到书桌旁,很快就拿着一根小管子一样的东西回来了,"我检查了护盾,这次不会再意外产生能量尖峰了。你现在就坐好,安静地待一会儿,明白吗?"

米尔顿将管子的一端插在西卢埃特项链的水晶上。当他把管子撤走后,水晶短暂地亮了一下,随后,亮光渐渐散去,西卢埃特紧皱的眉头也随即舒展开来。

"我真该开发一种不需要如此近距离充能的版本。"米尔顿说着,把管子放回了书桌上,"要是我能更了解人类大脑的工作原理就好了,那样就可以移除次要的部分,把能量源直接放在你的脑子里。不过这个……"他耸了耸肩,"我们说到哪儿了?"他又倒了一杯饮料回到沙发上。

"你说最简单的方法是把他们全部杀掉。"西卢埃特回答。她的声音里完全没有了困惑和懊悔。

"没错,是说到这里了。"他抿了一小口饮料,然后点点头,"你还觉得困扰吗?"

"一点儿也不。"

"很好。"

"但你说他们或许能派上用场。也许该让安菲尼提继续监视他们,然后我们再考虑一下哪种方案最有利。"

米尔顿转了转杯子里的黏稠液体,想了一会儿,然后说:"这个建议不错。的确,也许这才是正确的行动方案。他们看起来都很善于自我保护。但是,"他又说,"这位博士让我很担心。他有可能是'影子宣言[1]'的特工,专门来追查我的。他现在还没有直接采取行动,应该是还没确定我的身份。不过,他肯定已经有所怀疑了。"

"那要杀死博士吗?"西卢埃特喝了一口自己那杯饮料。

"如果他是特工,那杀死他就可能会打草惊蛇。我们必须谨慎行动,亲爱的。但是,无论如何都不能让博士知道真相。"

---

1. 一个维持宇宙治安的组织。第十任博士曾说,"影子宣言"是"外太空的警察"。

11

等到外面彻底安静下来后,博士才从桌子下面爬了出来。他拍了拍身上的灰,穿过大帐篷回到了外面。

刚一出去,身后就有人说:"哈,原来你躲在这儿了?"

博士一转身,发现珍妮正双手捂嘴看着他。

"抱歉,你等很久了吗?"

"等你和克拉拉都很久了。"珍妮说,"我一直也没找到她,还以为你们丢下我走了呢。"

博士正想说话,但是珍妮身后又有人走了过来。看来不只是珍妮看到他从影子戏表演的帐篷里出来。

"又是你。"大力士迈克尔从珍妮身边挤了过来,"你又想干什么,嗯?"他胸口的锁链文身随着肌肉一起晃动着。

"我想干什么?"博士看了看那人胸口上此起彼伏的文身,"你难道不冷吗?"

"你是来打探西卢埃特小姐的秘密的,对不对?"

"她有什么秘密吗?"博士问。

"别瞎说。"珍妮向迈克尔回击道,"我们想在哪儿逛就在哪儿逛。"

"但不能在私人地盘上逛。表演还没开始,你们就不能进去。"

"哪里说了表演没开始就不让进?"珍妮反问道,然后抓起那人肌肉发达的胳膊,把他拖到帐篷外的公告牌前,"上面可没说不能在这儿逛,我可是看了的。"

迈克尔一时语塞,"嗯,这个……是礼貌。"

"相信我,我们很懂礼貌的。"博士赶紧说,他露出了笑脸,"如果不小心冒犯到你,我很抱歉。你时刻为西卢埃特小姐着想,这真不错。"

"嗯,是啊,我们大家都彼此照应。"迈克尔显然对博士的道歉感到满意,"一向如此。"

"你认识她很久了吗?"

"是有很多年了。"

"她一直都这么厉害吗?"博士问话的时候瞥了珍妮一眼,示意她暂时别出声。珍妮耸了耸肩,抱着胳膊站着。

"她之前是很擅长表演这些纸偶什么的。"迈克尔说,"真的非常厉害。"

"但是最近?"博士追问,他注意到迈克尔说的是"之前"。

"但最近她的表演已经不止是厉害了。"

"说说看。是不是跟你刚才说的'秘密'有关？"

迈克尔抿紧嘴唇想了想，最终说："我还是不说的好。"

"你看见什么东西了，对不对？"珍妮问道，"一些本来不该看见的东西。"

迈克尔低头看着地面，没有回答。

"没关系。"博士温和地说，"我们不是要你背叛朋友。不过，现在发生了一些事，有人死了。那人在西卢埃特的帐篷里看见了某些东西，我觉得你应该知道究竟是什么。也许你也看见了？"

迈克尔抬起了头，"西卢埃特有危险吗？"

"老实说，我也不知道。"博士回答，"但如果她有危险，我会帮助她。"

迈克尔犹豫了，显然是在认真地权衡利弊。博士和珍妮等着他回答，而此时又有两个人走了过来。

"嗨，克拉拉——你看起来挺好啊。"博士瞄了克拉拉一眼。

"肯定比没遇到斯塔克斯要好。"克拉拉说。

"我凑巧把这位少年从木浆杀手的袭击中救了出来。"斯塔克斯这样解释道。

迈克尔看了看克拉拉，又看了看斯塔克斯，一脸迷惑地问："少年？"

"啊。"斯塔克斯上前一步，打量着这位大力士的体格，"我看到了一个为战斗而生的人类,你击退了多少个对手?"

"我主要是掰弯金属棍。"迈克尔回答,"还有举重。"

斯塔克斯想了想,"那是出于何种目的?你喜欢把金属棍制成原始武器吗?或者把重物从高处扔到敌人头上,把他们的脑袋像烂鸡蛋一样砸碎?"

"一般不会的。你知道,只是表演。"

"表演。"斯塔克斯重复了一遍。

"就像军事演习。"博士赶紧说,"展示技能,运用力量。"

"啊,"斯塔克斯点点头,"很好。说不定我也能参加这样的表演。"

"你也能掰弯金属棍吗?"迈克尔问。

"别怂恿他。"博士立即阻止道,"好了,你不是正要说西卢埃特的事情吗……"

迈克尔点点头说:"她变了。嗯……这么说吧,嘉年华以前是个快乐的地方,大家都是一家人。但是最近,变得不一样了。自从他来了之后……"

"他?"趁着迈克尔犹豫之际,博士又提出了问题。

"好吧。"迈克尔说,"我把知道的都告诉你,你就可以帮上忙了——你说过会帮忙的,对吧?"

"是的,我会帮忙。"博士保证道。

"那我们就谈谈。但是,我还要先完成一场表演。半小时后，我跟你们在这里碰头，好吗？"

"好。"

大家目送迈克尔穿过了嘉年华的场地，斯塔克斯说："或许我也可以参加这场表演。"

"别去。"克拉拉说，"我们要跟博士说说工厂的事。"

"什么工厂？"博士问。

"这就要说呢。"

"好吧，快跟我说说工厂的事情。"

"我们不能找个地方坐下说吗？"珍妮问，"不知道你们怎么样，反正我今天一直站着。克拉拉看起来也挺累的。你脸上是怎么了？"

"划伤了一点。"克拉拉说，"要不是斯塔克斯来了，可能会更惨。"

他们在结冰的泰晤士河边找到了一小段围墙。博士把上面的雪扫掉，又把自己的外套铺上去让大家坐。但斯塔克斯坚持要站着。

"我必须时刻处于备战状态，"他说，"以免受到攻击。"

"受到谁的攻击？"珍妮问，"雪花的攻击吗？"

"确实出现过。"斯塔克斯说。

"好吧。"珍妮让步了。

大家各自坐好之后,克拉拉简单地讲了她在米尔顿工厂里的遭遇。博士认真地听着,偶尔打断她提些问题,然后又让她继续讲。

克拉拉讲完之后,珍妮说:"幸好当时斯塔克斯在那里,你运气真好。"

"不是运气,是战略。"斯塔克斯坚持道。

"好,但无论是什么,都谢谢你了。"博士说。

"战士不求言谢。"

博士耸了耸肩,看着自己的手指甲,"那我就收回我的感谢。"

但斯塔克斯又说:"在这种情况下,我还是可以接受你的感谢的。我很高兴克拉拉小姐在那场卑劣的袭击中没有受重伤。"

"所以你承认我是女性了?"克拉拉问。

斯塔克斯眨了眨眼睛,"原来'小姐'这个级别也可以用于女性吗?"

"不是级别。"克拉拉说,"算了,也许是吧。"

"你认为那些纸鸟跟影子戏有关吗?"珍妮问。

"如果无关的话,也太巧了。"博士说,"我们找到了太多貌似巧合的东西,但我认为它们绝对不是巧合。"他从墙上跳了下来站好,然后抓住自己的衣服一扯。于是,珍妮和克拉拉也不得不从墙头上跳了下来,"也许大力士迈克尔可以给我们一些线索。估计他现在也快表演完了。我们约好了去影子戏表演的帐篷等他,说不定西卢埃特也回来了。那样的话,跟她说上几句也不错。"

正当他们穿过人群时,珍妮看到了一张熟悉的面孔。"我等会儿就来。"她对其他人说,然后就去找正在看吞火表演的吉姆了。

"你还在这儿呢。"她说。

吉姆笑了笑,"这里有很多好玩好看的东西。我接下来要去看美人鱼。显然她就在那边那顶帐篷里。"他朝展览的入口处点了点头。

"哦,好,但可别期望太高。"珍妮告诉他。

"我也不是特别期待。"吉姆回答,"要一起去吗?你是和谁一起来的吗?"

"和几个朋友一起。我们正要去找大力士谈谈。"

"想要学两招吗?"

"是要打听点儿事情。等会儿见吧。"

吉姆点点头,"很期待。"

珍妮在影子戏表演的帐篷门口跟其他人会合了,但是迈克尔却始终不见踪影。

"他说不定还在举重,或者在举石头。"克拉拉说。

"都是不错的项目。"斯塔克斯认真地说。

"他的表演在靠近大门的地方,对不对?"博士问。

"是啊。"珍妮说,"我在那儿看见他好几次了。他的小帐篷就在算命摊子旁边,他在那里做准备工作,东西也都在帐篷里。"

"那我们过去找找他吧。"克拉拉说,"如果他表演完了,我们就能在半路上碰到他。"

"我也是这么想的。"博士说。

"英雄所见略同。"克拉拉回答。

博士摇了摇头,"那可不一样,可能只是又一个巧合而已。"

有人在帐篷里等着,就站在里面的阴暗处。迈克尔进去放东西时,根本就没注意到对方,他正要转身离开,突然一个动作引起了他的注意。

"西卢埃特?"

她往前走了几步,鲜红的斗篷从肩头一直垂到了地上。她看起来仿佛是在滑行,神色非常冷静、沉着而优雅。

"你马上就要走吗?"她问。

迈克尔紧张了起来。"我要去见几个人。"他低声说。

"我知道。"她的头偏向了一边,黑色的头发像阴影一样铺在鲜红的斗篷上。"唉,迈克尔。"她伤心地说,"我以为可以信任你,我以为我们说好了的。"

"但是他能帮助我们。"迈克尔辩解道。西卢埃特的话让他十分紧张,"他可以帮助你。"

"但我不需要帮助。"

"你变了。"迈克尔说,"自从……反正不是一天两天了。跟这个博士谈谈吧,西卢埃特。至少听听他是怎么说的。"他咳嗽了起来,觉得说话有些困难,胸口也越来越紧。

"抱歉,迈克尔。"她平静地说,"不能让你把我们的小秘密说出去,不是吗?我记得我们说好了的。"

"不,西卢埃特——求你!"

他只能发出喘气的声音了。到底是怎么回事?仿佛有人正把他死死钳住。他低头去看,喘息却变得更加剧烈了。那文在身上的锁链动了起来,但却不是随着身体而动,也不是随着肌肉的运动而收紧或舒张,更不是随着他的呼吸而动,而是在他的皮肤上滑行,相互缠绕,拧紧,收拢,然后把空气从他的肺里挤了出去。

"西卢埃特。"他的请求声几不可闻。

她摇摇头,叹了口气,然后戴好兜帽,跨过躺在地上一动不动的尸体就离开了。

12

他们穿过嘉年华,一路上都没有看到迈克尔。已经渐渐到了一天中最忙碌的时候了。雾已基本散去,雪也停了,但天气还是很冷。空气又湿又冷地贴在克拉拉脸上,但好在她的伤口都已经不疼了。不管斯塔克斯从急救箱里找了些什么东西来清洗伤口,看来都确实加速了愈合。

他们来到迈克尔帐篷旁边的表演场地,发现演出已经结束了,大力士仍不见踪影。

"他说不定是收拾东西去了。"珍妮说。

"妥善收纳设备和军需物资是最基本的。"斯塔克斯表示同意。

"我去看看。"博士朝帐篷走去,掀开了门上的布帘,"迈克尔?你……"他不说话了,直接回到了外面,让那块门帘重新垂了下来。

"没人吗?"克拉拉问。

"不,他就在里头呢。"博士说,"斯塔克斯,你跟我来。"

"那我们两个呢？"珍妮问。

"你们最好还是在外面等着。帐篷太小了，不要都挤在里面。"

"你有什么要瞒着我们？"克拉拉说着挤了过去。她掀开门帘走进帐篷。片刻后，她希望自己根本就没进来过。

其他人也跟着她走了进来。博士叹了口气，绕到克拉拉前面，蹲下去检查尸体，"嗯，他死了。"

"是光荣战死的吗？"斯塔克斯问，"他勇敢地面对敌人了吗？是否先对敌人造成了重创，然后才寡不敌众死于炮火？"

"外行会说，他是死于心脏病发作。"

"但你不是外行。"克拉拉说。

"看起来很像心脏病发作。"博士指了指迈克尔的胸口，"这个位置可以看到慢慢出现了瘀青，我认为这是死前造成的。当然，我也不是专家。"

"既然不是心脏病发作，那究竟是怎么回事呢？"珍妮问。

博士仔细检查了尸体的上半身，"有几根肋骨折断了。这里……还有这里。"他拍了拍双手的灰尘，然后站了起来，"他就像是被压碎了。"

"被什么压碎了？"克拉拉问，"他不可能把重物压在自己身上啊？"

"如果是那样，重物现在应该还压着他才对，而且瘀青也应该集中在被压住的地方。但是，他的上半身现在出现了一圈瘀青。"

"这说明了什么呢？"

"死亡就是死亡。"斯塔克斯说，"你们把事情搞得太复杂了。"

克拉拉被他这种漫不经心的态度惹得很生气，"太复杂？这个人被杀害了，这可是谋杀啊。"

"但是，现在已经来不及对他进行急救了。"斯塔克斯说，"最好还是先了解杀手的策略，然后再来制定我们的计划。"他飞快地舔了一下自己的薄嘴唇，"需要我把粉碎手榴弹[1]拿来吗？"

"不用了。"博士说，"不过你是对的。问题的重点不在于他是怎么死的，而是他为什么会被杀。"

"是为了阻止他向我们泄密。"珍妮说，"谁都能想到。"

"但他要告诉我们的究竟是什么呢？"克拉拉问。

"跟影子戏表演有关的东西，而且跟这里的人有关。"珍妮说。

"那我们现在怎么办？"克拉拉问。

博士回答："现在，就只能指望我在嘉年华的另一个消息来

---

1. 桑塔人最危险的武器之一，是一种外形类似鸡蛋的球体，顶端向里凹陷。一旦激活，此物将会消灭小范围内的一切物体。

源了。"

博士没再透露更多的细节,而是带他们离开帐篷,去了"不存在的生物展"。克拉拉觉得把迈克尔的尸体丢下不管未免有些冷血,但是博士认为,现在没时间去管这些不合时宜的问题了,下一个发现尸体的人肯定会去报警,尸检结果也肯定会说他是死于心脏病发作。

他们进入帐篷之后,克拉拉问:"你是不是想再看看人鱼的皮肤?它有可能是真的?"

"我认为现在有更有趣的展览品。"博士一边说着,一边穿过林林总总的展览品,来到了帐篷的最后面。

"这些战利品为什么放在这里?"斯塔克斯问,"它们是象征着被征服的敌人,放在这里炫耀力量的吗?"

"它们只是展览品而已。"珍妮回答。

帐篷最里面聚集着一小群人,大家满怀期待地站在帐篷后面的一块大帘子前。

他们也加入了这群人,博士说:"你们会喜欢的。"

斯塔克斯推开前面的人挤了进去,方便他看见。克拉拉紧跟在斯塔克斯旁边,这样才看得清楚。

有个人正站在帘子的前面。他穿着破旧的西装,头戴灰色的圆顶礼帽,唠唠叨叨的说辞显然让观众们听得入迷。克拉拉觉得这人有些眼熟。他的动作,还有说话的方式……也许是在嘉年华看过他介绍其他的表演或展品吧,她心想。

"……是的,女士们,先生们,这块帘子后面就藏着一件非常独特的展品。但绝不是我们周围那些放在桌子上或装在箱子里的死东西,不是的。你们也许去过别的集市和嘉年华,也许见过长胡子的女人和不值一提的畸形秀,但是,珍奇嘉年华在伦敦、英国乃至全世界都是独一无二的,只有我们才拿得出这样的展品。"

"那到底是什么?"克拉拉轻声问博士,"是外星人?"

他摇摇头,"不,我保证是地球上的生物。"

"那究竟是什么呢?"

他竖起一根手指贴近嘴唇,顺便朝主持人点点头,那人接着说了下去。

"好吧,女士们,先生们,闲话少说,我这就向各位展示这一神奇的生物。你们是第一批,也是目前唯一一批见过这种生物的人。"

他夸张地拉开了帘子,观众们屏息凝视。克拉拉心想,其实没什么好看的,就是有一个人坐在帐篷尽头的木头椅子上。那人穿着一身简单的长裙,戴着朴素的帽子,一张黑色的面纱遮住了脸。她站起来,走到灯光下,把手伸向了面纱。

主持人宣布:"这就是——传说中的蜥蜴女人!"

于是，那女人掀开面纱，露出了长满鳞片的绿色面孔。观众们全都倒吸了口气，同时开始热烈鼓掌。

克拉拉和珍妮万分惊讶地看着彼此。

"瓦斯特拉夫人？"珍妮小声说。

珍妮坚持要留下来看看瓦斯特拉夫人是否还好，当然也是为了交换迄今搜集到的情报。博士、克拉拉和斯塔克斯则乘马车返回了阿比内斯大街。

"我们不用留在那里了。"博士在路上说，"瓦斯特拉在嘉年华和大家交谈可以搜集到不少消息，比我们在那边闲逛有用多了。"

"因为有人专门针对我们啊。"克拉拉说，"他们知道我们在打听消息，迈克尔就是因此而送命的。"

"你也是因此在工厂遭遇伏击的。"斯塔克斯说，"我们要不要去一趟主祷文街，取几样重型武器？"

"不用。"博士回答。

虽然没有重型武器加持，斯塔克斯还是带头穿过了小巷，然后从被撞破的木头门进入了工厂。博士在门口停留片刻，检查了另一扇门上的电子按键锁。他用音速起子打开锁盖，察看里面乱作一团的线路。

"是远程控制的。所以，他们看见你进了工厂就把门锁了。"

他把电子锁的盖子复原，用力按了一下才盖好，"那些袭击你的纸鸟在哪里？"

"烧了，"斯塔克斯自豪地回答，"一只不剩。"

剩下的只有地上焦黑的灰烬。不过，博士似乎对安装在地上的支架更感兴趣。

"内侧的金属没有任何腐蚀或生锈。"他说，"这里有油。灰尘里也有一些痕迹——当然，要排除你笨手笨脚弄出来的那些。"

"谢谢你的夸奖。"克拉拉顶了回去，然后问道："所以最近有些东西被移走了，是吗？"

"看起来是的。"博士站了起来，沿着被支架围起来的地方走了一圈，"很大，而且不容易搬动。所以，我们是在找——"

"反重力提升装置。"斯塔克斯说。

"恐怕不是。"博士对他说。

"那就是自维持式填装器。"

"也不是。"

"那我们究竟要找什么？"克拉拉赶在斯塔克斯再度回答之前提问。

"找人。有人帮助米尔顿搬走了设备，他们应该知道那东西在哪里。"

"那我们就去附近问问。"克拉拉说，"周围的人也许知道,如果周围真能找到人的话。"她补上了后面那句,因为这地方周围有多荒凉她是知道的。

"非常好。"斯塔克斯表示同意,他一手握拳,砸向了另一只手,"拷问!"

展览帐篷后面有一片帘子遮住的区域,可供瓦斯特拉单独使用。她戴着厚厚的面纱,穿着黑色的斗篷,又换了一顶别的帽子,这样就能在嘉年华上到处走动而不被人认出来了。她跟几个摆摊的人交谈过,当然也跟珍妮谈过了。但现在,嘉年华上所有的人都只想谈论大力士迈克尔突然死去的事情。

瓦斯特拉回到了位于"不存在的生物展"帐篷里的私人区域,思考自己下一步的行动。有趣的是,在这里工作的人都接受了她的这副样子,没有人说三道四,也没人盯着她看,或是笑话她,这可真是让人开心。负责拉帘子介绍她出场的那人名叫阿尔菲,他对待瓦斯特拉礼貌又恭敬,跟他主持其他表演和展览的态度没什么两样。她目前还不知道这个嘉年华是如何组织和管理的。不过,要说谁是负责人的话,应该就是阿尔菲了。他仿佛天生就善于和人打交道,跟任何人都相处得很好。

那些前来参观她的人就不一样了。他们丝毫不掩饰自己的好奇和惊讶。不过,展出要的就是这个效果吧,瓦斯特拉心想。其中绝大多数人都会以为她是化了妆或是戴着面具……

下一场展示之前,她还可以独处一会儿。这时候,有人来访了。帘子被掀起一角,一个人说:

"打扰了?"

那是个充满迟疑的声音,还夹杂着咝咝声。

"什么事?"瓦斯特拉回答。也许有人听说她在打听消息,所以专门来了。她放下面纱,"想进就进来吧。"

那人掀开帘子走了进来,看起来身型清瘦,大概和瓦斯特拉差不多高。从声音、衣着和举止来判断,她认为对方应该是男性。当他礼貌地摘下帽子后,瓦斯特拉发现他戴着面具。面具仿佛是用柔软的深色皮革制成的。眼睛处有两个洞,嘴唇位置上则是一道缝。

"有什么事吗?"瓦斯特拉问。

"请原谅。"面具男说,"知道你在这里——仅仅是知道你的存在,就让我安心多了。"

"为什么?"

"抱歉,请允许我自我介绍。我叫费斯汀,相信我能帮上你的忙。"

"真的吗?"

"从你和你朋友问的问题来看,你们是想查一个名叫奥勒斯特·米尔顿的人,对不对?"

瓦斯特拉警惕地点了点头,"他怎么了?"

"我对这人也很有兴趣,已经观察他有一阵子了。我知道他在干什么,也知道他在哪里。你那位博士朋友说得没错,这人很危险,必须要阻止他。跟我来,我带你去看看。"他转过身,然后紧张地回头说,"必须现在就去。大力士已经死了,如果不赶快行动,下一个死的就是我们了。"

瓦斯特拉俯身向前,"但我为什么要信任你?"

面具后面传来一声叹息,"因为这个。"他用戴着黑色手套的手解开了固定面具的绑带,把它摘了下来。

瓦斯特拉惊得倒吸了口气,赶紧捂住嘴,甚至忘了自己还蒙着面纱。她哆哆嗦嗦地掀开面纱,确保自己确实看清楚了。

这就像是在照镜子。

那是另一张长着绿色鳞片的蜥蜴人脸,上面那双凹陷的眼睛正看着她。他的前额处有蜥蜴人特有的纵向凸起,在看瓦斯特拉的同时,一条细长的舌头飞快地吞吐了一下。

"我以为我是唯一一个。"他低声说。

13

斯塔克斯很熟悉这一带，因为他来这儿调查过贝拉米的死因。贝拉米遇害那晚，和斯塔克斯见面的酒馆其实就离废弃工厂不远。所以，从酒馆开始调查是个不错的选择。由于没吃午饭，克拉拉打算在酒馆吃点儿东西，但她一看到那个地方就决定，还是不吃为好。

和周围的环境一样，酒馆也十分破败。店外招牌上的油漆已经剥落了。砖墙坑坑洼洼的，急需把接缝处重新填好。酒馆里头烟味儿呛人，又脏又吵，人也很多。一群身穿满是灰尘的工作服的人正要离开，他们大概是建筑工人吧。博士赶紧示意克拉拉坐下，免得别人把他们空出来的位置给占了。

斯塔克斯则轻松挤到了吧台前——店里的人显然认识他。没过多久，他就端着三品脱的麦芽酒回来了。

"啤酒？"克拉拉问，"我本来想要杯金汤力[1]呢。"

---

[1] 一款鸡尾酒，通常用金酒和汤力水调制而成，颇有小资情调。

"不用喝。"博士对她说,"你只要看起来像这里的客人就行了。要融入环境。"

"好吧。"她说,"我这就出去在泥坑里跳一跳,然后把衣服上沾些酒,再敲掉几颗门牙,你觉得这怎么样?"

"只要你觉得可以就行。"博士回答。

"我可以帮你处理牙齿。"斯塔克斯说。

"不用了——谢谢。"克拉拉赶紧说。她抿了一口啤酒,发现比自己预想的好喝,"那现在计划是什么?"

"我们应该抓几个人质。"斯塔克斯说,"要是这些人不肯交代,我们就威胁要处死他们。"

"现在,我们还是先观察。"博士对他们俩说。

"但观察什么呢?"克拉拉问。

"很快就知道了。"

博士喝了一大口自己那杯啤酒,咂了咂嘴,然后把手撑在脑袋后面,靠在了椅子上,饶有兴味地打量着这间酒馆。他似乎觉得这样看着就很好。于是,克拉拉又小心地喝了一口酒。斯塔克斯在桌子对面坐立不安,他一口就喝光了自己的酒。克拉拉心想,过不了多久,他就会随便抓住酒馆的客人问话,还会说如果不老实交代,就挖掉人家的膝盖骨以及其他解剖学上的重要结构。

博士突然坐直了身子,指着酒馆的另一侧说:"就是他。"

克拉拉顺着他手指的方向,看到一位上了年纪的消瘦老头,正独自坐在屋子另一头的一张小桌旁。他端着一只青灰色的大啤酒杯。

"他怎么了？"克拉拉问。

"他用的是自己带的杯子，所以应该是熟客。说不定，杯子是由酒馆的人替他保管的。一个人坐着，应该是喜欢独处。他在打量周围，也认识每一个人——你看他跟过往的所有人都点头，他们会打个招呼，然后寒暄几句。人人都喜欢他，而他也知道每个人在做什么。所以这就是我们要找的人了。"

"找到之后呢？"斯塔克斯问，"把他拖出去严刑拷打？"

"不。"博士说，"我们得请他喝酒。"

于是，斯塔克斯又一次来到吧台前，博士和克拉拉则来到瘦老头的桌边。

"我们可以坐在这儿吗？"博士问。

那人耸了耸肩，指了指桌子对面的空位，"你们在那边坐得无聊了吧？"

"你看见我们了？"克拉拉问。

"每个人你都注意到了，对吧？"博士说，"所以我们想和你说点事儿。"

"是吗？"

"我们的朋友想请你喝一杯。"博士又说。

老头笑了笑，"那我很高兴和你们聊聊。"

博士的判断是对的——这也不奇怪就是了。老人的名字叫安德森,他似乎对这片地区的每一个人都了如指掌。

"那个叫米尔顿的人很奇怪。"他对博士和克拉拉说,"几个月前,他突然出现,买下了阿比内斯大街上的那家旧工厂,还搬了一大堆古怪的机器进去。然后几个星期前,他又把那些机器全都搬了出来。"

"那他在里边都制造了些什么呢?"克拉拉问。

"我也不知道。但奇怪的是,我没见过任何在那里工作过的人。"

"应该是有自动化生产线。"斯塔克斯说。

博士点点头,"有可能。那些奇怪的机器后来怎么样了?"

"运走了。装到车上运出去了。"

"那你知道运到哪里去了吗?"博士问。

安德森喝完自己的啤酒,想了想,然后回答:"不知道。"他放下了空酒杯,"但我觉得有人知道。"说着又拿起了啤酒杯,仿佛在仔细察看似的。

"斯塔克斯。"博士叫道。

斯塔克斯从安德森手中拿过啤酒杯,"还是一样的酒?"

"是的,太好了,谢谢你。"斯塔克斯走向吧台,安德森继续说,"你们应该找比利·麦特森谈谈。"

"是吗?"克拉拉说。

"是的,因为运机器的马车中有一辆就是他的。既然是他驾车,那他就该知道机器被运到哪里去了。"

"你也应该知道在哪儿可以找到这位比利·麦特森吧?"博士说。

"他今天要把面粉从韦弗利街的磨坊运到哈里曼码头的仓库去。"

斯塔克斯回来了,博士谢过安德森后,他们三个就离开了。安德森端着酒杯目送他们离开了酒馆。

旁边桌上的另一个人也同样看着他们。他是跟着博士、克拉拉和斯塔克斯进入酒馆的。现在,他又跟着他们出去了。安德森看着他出去——但他从未见过这人。奇怪的人,他暗想。那人全身黑衣,戴着黑帽,应该是从事殡葬业的吧。

他们看着街道对面的房子。那房子并不临街,还有高墙遮挡。不过,从瓦斯特拉和费斯汀所在的位置可以看到正门。房子没有一丝生气——无人进出,窗帘也全部拉着。

"我们得去找博士。"瓦斯特拉说。

"是你的朋友吗?你认为他能帮上忙?"

"如果说谁能帮上忙,那就是他了。"

"可我们还没发现任何值得告诉他的东西。"费斯汀说。

"他喜欢自己发现情况。"

"好吧。这边有条路通往后面。上个月起风暴的时候,一棵树被吹倒,砸坏了围墙。也许我们该进去先看一下,然后再通知你的朋友。"

"多搜集点信息也是有好处的。"瓦斯特拉表示同意,"我们先确定一下屋里有没有人吧,看看米尔顿在不在,这倒是有价值的信息。"

费斯汀带头沿着马路走了一段,然后进入一条小路。他俩看起来很奇怪——一个穿着黑色长裙的女人,脸被面纱遮得严严实实;一个身穿黑色衣服的男人,戴着一张简单的面具。还好街上没人,他们一路走着,直到拐进房子旁边的窄巷也没人看见。

正如费斯汀所描述的那样,墙上有个缺口。砖头和泥灰撒到了巷子和花园里。房屋被前面的树木遮住了,所以他们从墙上爬进去的时候,屋里的人是看不见他们的。费斯汀先爬了进去,然后帮瓦斯特拉翻过碎石。

他们以树丛作为掩护,尽量靠近屋子。所有的窗户都被窗帘遮住了,他们等了几分钟——看有没有什么动静。最终,他们认为可以冒险跑去后门。

"我们得先编个理由,以防那边有人。"瓦斯特拉说。

费斯汀说:"我们是被同胞赶出来的蜥蜴人,想找个住处,帮帮忙吧。"瓦斯特拉听出他在开玩笑,"或者直接跑了就行。"

于是,他们从树丛里跑到了屋子后门。瓦斯特拉以为门是锁着的,但是她一转把手,门就轻松打开了。他们的眼前是一个细长的门厅,穿过门厅是一间开阔的屋子。他们刚一进屋,灯就亮了起来——太亮了,根本就不是煤气灯。

"米尔顿有不少先进的机器和设备啊。"费斯汀小声说。

"是啊。"瓦斯特拉表示同意。她指了指旁边的一扇门,"我们看看那里有什么。"

"或者先看这边。"费斯汀说,"这扇门开着。"

他指的那扇门正虚掩着,门后透出的灯光很柔和,和他们所处这间屋子里的白亮灯光截然不同。

"很好。"瓦斯特拉说。

那扇门后也是个大房间。窗户上的百叶窗关着,房间的大部分区域都笼罩在阴影中。他们刚才见到的柔光,来自房间正中一张木质讲台上方的聚光灯,灯光正照着讲台上的一本书。

"那是什么?"瓦斯特拉问。

"我觉得应该去看一眼。"费斯汀回答。

于是,瓦斯特拉快步朝木质讲台走去,同时也警惕着阴影处和房间尽头可能出现的动静。不过,什么都没发生。

那本书很大,封面是皮的,正摊开放着,左手边的一页是空白纸,右手边的一页则只有一个词。

"抱歉。"瓦斯特拉读了出来,"但为什么会写着抱歉呢?"她伸手去翻页,就在她戴着手套的手接触到书页的同时,更多的灯亮了起来。一圈细长的光柱环绕在了她和讲台周围。

"我们应该走了。"她说着,想要返回门口费斯汀所在的位置。

但是,她出不去了。那光柱十分牢固,形成了一圈围栏,光柱之间的缝隙很窄,瓦斯特拉不可能挤得出去。

"是力场护盾。"她明白了,"光形成的牢笼。费斯汀——帮帮忙。"

费斯汀走了过来,站在光柱的另一边,"你一碰到书页,就触发了它。了不起。所以这里才会写着'抱歉'。"

"这我知道。"瓦斯特拉不耐烦地回答,"附近肯定有控制器。"

"哦,有的。那边墙上有个盒子。"费斯汀朝着房间另一端的墙点了点头,是靠近百叶窗的那边。他的眼睛在皮革面具的遮挡下就像两个黑窟窿。

"那你过去把力场护盾关掉吧。"

"当然。"但他并没有动。

"拜托了。"

费斯汀摇摇头,"我觉得这不是个好主意。"

"没错。"她表示理解,"那样可能会触发警报。如果不是在启动力场时报警,那就可能是在关闭力场时报警。好吧,那我就在这里等着,你去找博士吧。"

仿佛是为了回应她，费斯汀伸手摘掉了自己的面具，露出了长着绿色鳞片的脸。他的皮肤在牢笼的光柱下闪闪发亮。

"你还在等什么？"瓦斯特拉催促道。

"我觉得，"费斯汀说，"你可能需要严肃地对待目前的困境。"

在说话的同时，他的容貌也发生了变化：绿色的鳞片闪烁着消失了，蜥蜴般的面孔变成了一个单调空洞的椭圆形——一张很像人类的脸，但却毫无表情，只有眼睛、嘴巴、鼻子和耳朵，没有头发，也没有皮肤纹理，更没有表情。瓦斯特拉惊讶地后退了几步，倒吸了口冷气。

"这就对了，"有着空洞面孔的人说，"笼子对你来说大概是最合适的地方了。"他的语调也和面孔一样毫无情绪。

"不存在的生物展"上找不到瓦斯特拉了，帐篷后面那个地方也空荡荡的。珍妮等了很久很久，但瓦斯特拉还是没回来。

"你是想看蜥蜴女人吗？"

珍妮一转身，发现吉姆正站在她身后，"你别偷偷走过来啊，吓死我了。"

"真是抱歉，但我没有偷偷地走——真的没有。不过，你居然还在这里。"

"是啊，我也没想到呢。"

"可能会等很久。"他说。

"等很久什么?"

"展览啊。那个蜥蜴女人,多半就是嘉年华上的哪个女孩戴了副面具吧。不过,不管是不是这样,她都已经走了。"

"走了?走了是什么意思?"

吉姆眨了眨眼睛,显然是被珍妮焦急的语气吓了一跳,"嗯,没什么,就是她刚才离开这里了。我之前看了展览,所以立刻就认出了她,肯定是她。她跟一个男人走了。那个人很奇怪,还戴着面具。"

珍妮紧紧地抓住了吉姆的胳膊,"那个人把她带走了?

"倒也不是。她挺高兴地跟着那个人一起走了。"

"那他们去哪儿了?"

"嗯,离开霜雪集市,朝着路堤的方向走了,然后转了个弯。"

"你记得是往哪里走了吗?"

"大概记得。"

"那好,带我去。"

被人这样强行从帐篷里拉了出去,穿过嘉年华,离开霜雪集市,然后又爬上了路堤——如果吉姆对此感到诧异的话,那么,他可真没表现出来。他带着珍妮来到一条小路上。

"他们从这里走了。"

"但你不知道他们去了哪里?"

吉姆摇摇头，"抱歉，我不知道。不过……"他笑了一下，"嗯，也许是个巧合。不过，奥勒斯特·米尔顿就住在这附近。嗯，就是旁边的那条路。你知道吧，就是那位实业家。"他停顿了一下，看了看珍妮的神情，"我看你也知道他吧。"

珍妮点点头，"你为什么会想到米尔顿？"

"我是听嘉年华的人说的，他经常去。有传言说，他想买下整个嘉年华。"

"我倒没听说过。"珍妮回答道。

"我说了，就只是个传闻而已。也许，他是想给那个蜥蜴女人提供一份特别的工作呢。"他转身朝路堤的方向走去，"我得回去了。"

珍妮抓住他的胳膊，把他拉了回来，"你带我去了米尔顿的住处再走。"

那座房子的外表很普通，就是又大又贵的那种，离马路有一段距离。窗帘全部放了下来，房子看起来死气沉沉的。

"那现在干什么呢？"吉姆问。

"我们进去看一眼。"

"但咱们不能擅自闯进别人家里啊。"吉姆反对道。

可是珍妮已经走过去了。"我们不是闯进去。"她回头说，"我们先去按门铃，然后求见瓦斯特拉夫人。"

"谁？"吉姆问，"算了。"他小声说着跟她一起站在了门口。

珍妮拉了拉门口挂着的金属链，大宅深处的铃铛响了起来。他们等了好一会儿，但始终没人应门。

"没人在家。"吉姆说。他伸手试了试门把手，"我的天——门开着。"他推开大门。

"我们进去看一眼。"

"这不好吧——你真的要去？"

珍妮已经进入了门厅，她一进屋，灯光就亮了起来。吉姆看了看身后，然后也跟了上去。门厅周围有几扇门，一段宽阔的楼梯通往楼上。珍妮环顾四周，不确定该从哪里查起。吉姆从她身边经过，朝楼梯那边的过道走去。

"仆人的房间里说不定有人能帮上忙。"他说，"我觉得比起遇到米尔顿先生、跟他解释我是谁，跟仆人打交道要更好一些。"

于是珍妮跟上了他，反正从哪儿开始都一样。那条通道通向了一个房间，房间里面也十分明亮，但珍妮找不到光线是从哪里冒出来的。这间屋子里有很多扇门，其中一扇虚掩着，吉姆推开了门。

"我的天。"他轻声说，"你该看看这个，珍妮。"

珍妮也来到了门口。屋里一片黑暗，只在中间有一圈灯光，明亮的光柱在黑暗中看起来仿佛是某种固体。这圈光柱的中间有一盏聚光灯，正照着一张讲台，讲台旁还站着一个人。

"瓦斯特拉！"珍妮赶紧跑进屋。

"珍妮？谢天谢地！"瓦斯特拉来到光柱的一侧，"这是力场护盾，我被困在里面了。"

"这是什么地方？"吉姆说，"这是怎么回事？"

"别管这个了，我们快把她弄出去。"珍妮说。

瓦斯特拉从光柱的缝隙中伸出手握住珍妮，她说："窗户旁边的墙上有个控制器。"

"是这里吗？"吉姆赶紧跑到房间的那头，"好，找到了。我想它应该能关掉这些光柱。"

光柱突然消失了，瓦斯特拉立即拥抱了珍妮，"谢天谢地，我还以为自己要永远困在这里了。"

"恐怕事实就是如此。"吉姆的手依然放在控制器上。

光柱再次出现。这一次，由于珍妮往瓦斯特拉的方向走了一点，所以她也被关了起来。

"吉姆？怎么了？你在干什么？把它关掉。"

"他不会关的，亲爱的。"瓦斯特拉平静地说，"很抱歉，你不该来的。现在我们都被关起来了。"

吉姆慢慢走到她们面前，站在光柱外面，笼子的光芒照亮了他的脸。那张脸渐渐隐没，变成了一张毫无表情的空洞面孔。

14

在面孔空洞的那人身后,门开了,另一个人走了进来。那人是个瘦高个儿,略有些谢顶,胡子修剪得很整齐。

"干得好,安菲尼提。"他说话带着点儿鼻音,"真的非常好。"

"你一定就是奥勒斯特·米尔顿先生了。"瓦斯特拉说。

"我想是的。"那人回答道。他走到笼子面前,保持着一点距离,确保瓦斯特拉和珍妮都够不着他,"很高兴见到你们二位。"

"我们可不太高兴。"瓦斯特拉回答。

"你想要干什么?"珍妮质问他道。

"大家都想要些什么呢?名望、财富、长寿、幸福。"

"就算把我们关在这里,你也得不到这些东西。"

米尔顿笑了笑,"哦,这是威胁吗?很好,我喜欢威胁。我知道你们会很有用的。"

"我们怎么会对你有用?"瓦斯塔拉问,"我们才不会跟你合作。"

"你知道吗?"米尔顿说,"我们一位共同的朋友也曾说过同样的话。但是,现在我说什么,他就会高高兴兴地去做什么。对不对呀?"

那个被米尔顿称作安菲尼提的人低着头说:"是的,我的存在就是为了侍奉您。"

"很好,因为我有个新任务要交给你。"米尔顿说,"安帕斯在监视另外几位朋友,他需要帮助。你去找他好吗?"

"好的。"当他抬起头的时候,面孔又一次变成了吉姆,"再见,珍妮。"随后,当他转身面向瓦斯特拉的时候,又变成了蜥蜴人费斯汀,"瓦斯特拉夫人,非常荣幸见到你。"

"我可不怎么荣幸。"她漠然地说。

在抬起手向她们告别的时候,安菲尼提的面孔又变得空洞一片。光柱牢笼的亮光照在他中指戴的一枚红色水晶上,折射出的光芒闪了闪。然后,他就转身离开了房间。

"他到底是谁?"珍妮问,"或者说,他到底是什么?"

"我第一次遇见他的时候,他是嘉年华上的主持人。"米尔顿走到壁龛旁,从阴影中搬出一把椅子。他把椅子摆在笼子旁边,然后坐了下来,"你多半也见过他,他主持过各种表演。"

"他是阿尔菲?"瓦斯特拉惊讶地说。

"曾经是阿尔菲,现在有些时候依然是。请容我自我介绍一下吧,这样也许你就更容易明白了。"他从马甲口袋里掏出怀表看了看,"嗯,时间充足。"说完又把表揣了回去。

"你这是在对我们耀武扬威吗?"瓦斯特拉问。

"不,当然不是。没自信的人才会耀武扬威。我这人的自信心绰绰有余,也一贯心态良好,我向你保证。"

"那为什么不让我们清静地待会儿?"珍妮气愤地说。

米尔顿耸了耸肩,"这当然也可以。但是,我觉得应该先向你们自我介绍一下,也方便你们理解接下来将要发生的事情。必须承认,跟能够真正理解我所谈及内容的人聊天,这很令人愉快。不过,要是你们愿意无知地死去,我也不介意。"

他站了起来,礼貌地点点头表示告别,然后准备转身离开。

"不,等等。"瓦斯特拉说,"我们听你说。"

"我衷心地希望自己不会再给你们造成更多的不便。"米尔顿说。

"你想要倾诉,而我们除了倾听以外,也没别的事情可做了。"

米尔顿重新坐了下来,"很好。你们肯定希望通过我的消息为自己赢得一些优势。但优势是不会有的,不过也可以尽情希求。在这种情况下,希望才是最重要的,你们说呢?"

"告诉我们你是谁,在地球上做什么。"珍妮说。

"啊,你们发现我不是本地人了?真不错。因为跟博士合作的缘故，你们对宇宙的看法跟旁人不同吧。"

"博士本身就与众不同。"瓦斯特拉说。

"这倒没什么好争论的。我们等会儿就会把博士也找来。首先，很抱歉让你们处于如此不便的境地，但是你们要知道，我不想被当局抓住。"

"你是罪犯吗？"珍妮问。

"唉，拜托，我不喜欢这种说法，我是个生意人，是改革家、实业家。顺便说一下，我真是叫奥勒斯特·米尔顿，嗯，其实是米尔顿·奥勒斯特。不过，在伦敦好像反过来念比较好。"

"你说自己是生意人，"瓦斯特拉说，"那你是做什么生意的？"

"嗯，这就是事情的关键了。我开发并销售武器。这是一门正大光明且完全合法的生意。"

"那也得看是什么武器。"瓦斯特拉说。

"很多星球上的法律也是这么说的，'影子宣言'甚至因此颁布了逮捕令。之后还有审判，嗯，我猜应该是审判了的。不过，我当时没有亲自出席。"

"所以你是在逃了。"珍妮明白了。

"这个词儿真是奇怪，不过，倒也精确地描述了我目前的处境。我被迫离开了自己的居所，也没时间收拾行李。所以，为了重振事业，我只好尽可能地利用这颗落后行星上的现有材料。"

"所以你才到伦敦来了。"瓦斯特拉说,"伦敦是目前世界上最先进的城市。"

"说先进有点夸张了,不过,大体是这样的。"

"你躲在这里,免得自己被抓住。"珍妮说。

"我很快就能重新开始自己的事业了,只不过会有所退步,而且还得尽量低调行事。"

"你卖的是哪种武器?"瓦斯特拉问,"被认定为非法的武器吗?"

"你刚刚见过其中之一了。"

"吉姆?"珍妮问,"他是武器?"

"我的特长就是利用基因升级技术开发武器。我会首先选择一种生命形式,然后将他的DNA和其他遗传信息结合起来,同时进行脑部改造,最终把他做成武器。"

瓦斯特拉觉得一阵恐惧,"你把人改造成武器?"

米尔顿耸了耸肩,"蜥蜴也可以,我不挑剔的。一切生物都具有潜力。我已经说过了,我是个生意人,也是个改革家。就像安菲尼提[1],或者叫他以前的名字阿尔菲吧,我只是提升了一下他与生俱来的能力而已。"

"你偷走了他的脸。"珍妮说。

---

1. "安菲尼提"是"Affinity"的音译,有"吸引力、亲和力"之意。

"但我给了他很多张脸。我也说了,他是嘉年华的主持人——实在找不到别的用词了。说他很会谈天完全是低估了他。他可以混在人群中,随意煽动听众,让最吝啬的人掏钱。因为,他懂得利用别人的需求和欲望。而且他也不是刻意为之,他有着让人放松警惕的天赋,可以改变自己的个性以适应不同的谈话对象。我只是提升了他的能力而已。现在,他可以成为谈话对象喜爱、尊敬或是想要见到的任何人。通常这都是人们自身的一个侧面,是一种扭曲的映像。"

"但为什么这么做呢?"珍妮问,"为了让他成为任何人,你害他变得不再是人了。"

"这个说法对我来说有点深奥,太哲学了。"米尔顿说,"但是从我自己的角度来看,安菲尼提非常有用,他不光把你们骗来了——当然这也证明了我的观点——还可以在谈判和外交方面派上大用场。更不要说他在产业发展和间谍活动中的用途了,你们不就不假思索地跟他说了很多事情吗?"

"你把这件事说得冠冕堂皇,"瓦斯特拉说,"但说到底,你就是个杀人犯。"

"我只是在保护自己的产品罢了,如果我们说的是同一件事的话。"

"这一切对你来说就只是做生意吗?"珍妮质问他。

"对呀。我允许我的这些产品在珍奇嘉年华上不断练习,提升他们的技能。这是很不错的训练。不过也有风险，风险必须得排除，不管是哈普沃斯先生这样好奇的客人，一不小心看到了不该看的东西，还是嘉年华上的其他人无意间知道了太多。"

"那克拉拉呢？"珍妮说，"你还想杀了克拉拉。"

"那只是误会。"米尔顿说，"我现在觉得她活着会更有用。"

"那些纸鸟也是你开发出来的吗？"珍妮问。

"不，那些就是纸而已。"

"但它们攻击了克拉拉。"瓦斯特拉说，"多半也是它们杀死了哈普沃斯先生吧。"

"它们确实比看起来更加强大。"米尔顿笑着说，"只要驱动得当，几只纸鸟也能抬起金属制成的裁信刀，并送到特定的位置。不过，那都是西卢埃特的功劳，不是我的。"

"她也被强化过了吗？"瓦斯特拉问，"她是你的另一件武器？"

"当然了。她是位很有天赋的纸偶师，特别擅长控制那些二维的纸片表演影子戏。而现在，她的精神能力得到了扩展和强化，她几乎可以控制一切二维的物体。不光是纸张，甚至也包括影子——她真的可以。"

"前提是她必须听你的指挥。"瓦斯特拉说。

"必须是这样。不过，真正的宝贝，我必须要说，真正的宝贝是博士。没错。"他自顾自地说了下去，"我从你们两个和博士的朋友克拉拉那里,好好地了解了一下他。"

"博士是不会帮你的。"珍妮说,"绝对不会。"

"就算有你们两个作为人质也不会吗?我倒觉得,他知道的话一定会来的,因为不来的话,你们就会死得很惨。想想看吧,要是他成为武器,该有多么强大。"

"即使如此,他也不是你能控制的。"瓦斯特拉说。

"那确实,可能不止要做脑内植入。"米尔顿回答道,"不过,用植入体控制安菲尼提、西卢埃特和安帕斯还是很有效的。"

"安帕斯?"瓦斯特拉不解地问。

"我没说起过安帕斯吗?真是糊涂了。"米尔顿又看了看怀表,叹了口气,然后站起身来,"我必须得走了,还有很多事情要处理。不过别担心,你们很快就会见到安帕斯了。"

"安帕斯到底是谁?"珍妮问,"也是嘉年华上的表演者吗?"

"安帕斯是一切的关键。有了安帕斯,我才能利用最强大的武器赚钱。"

"那是什么武器?"瓦斯特拉问。

但米尔顿已经转身准备离开了。"好了,"他说,"请允许我保留一点秘密。"他把椅子搬走放回了壁龛里,"尽管这些秘密事关世界的终结。"

15

哈里曼码头上没有比利·麦特森的踪影,不过他们找到了送面粉的那间仓库。有好几十麻袋的面粉正放在路边,准备搬进仓库储存起来。

"他至少还要再拉一两辆车的面粉过来。"仓库的工头儿对博士说,"但是,熟悉比利的人都知道,他是个慢性子。"

"所以,你也不知道他什么时候才会回来?"博士问。

"是啊。你们可以在这儿等,还可以帮忙搬面粉。"

"那我就在这儿等吧。"克拉拉说,"你和斯塔克斯去韦弗利街的磨坊再找找?"

"我们把你一个人留在码头上,"博士说,"帮这些强壮的年轻人扛一百多斤重的麻袋?而且周围全是刚靠岸好几个月没见过异性的水手?"

克拉拉点点头,"我说了嘛——斯塔克斯留在这儿帮忙搬面粉,我和你去韦弗利街的磨坊再找找。"

斯塔克斯认为这个战略非常好。他们约定,如果博士和克拉拉一小时内还没回来的话,他就去珍奇嘉年华跟他们碰头。

他们花了很长的时间才到达韦弗利街。这主要是因为博士虽然再三保证自己知道路,但实际上却一直在兜圈子。克拉拉发誓说,他们从不同的方向反复走过了同一条路。

最终他们到达韦弗利街的时候,克拉拉开玩笑道:"我还以为两点之间最短的距离是直线。"

博士用同情的眼光看着她,"这颗行星是球形的——基本上是,而整个时间和空间都是弯曲的,更别说把重力和磁场的因素都考虑进去。所以,直线这种东西根本就不存在。"

"是直接认错这种东西根本就不存在吧。"克拉拉嘀咕道。

磨坊里同样找不到比利·麦特森。磨坊的人也跟仓库的人一样在等他,但是,谁也不知道他究竟什么时候会来。

"你就在这里等着,万一他回来了呢。"博士对克拉拉说,"我回仓库去,看看能不能在半路截住他。说不定他是在半道上喝茶什么的。"

"你能保证自己跟麦特森走的是同一条路吗?"克拉拉问他。

"他肯定想要尽快返回,所以我会选择直线的。"

"有时候我可真想掐死你,这你是知道的吧。"

博士毫不在意地抽了抽鼻子,"但我有旁路呼吸系统[1],你

---

1. 时间领主的特殊生理结构,可帮助其长时间闭气或过滤难闻的气味。

是掐不死我的。如果我过一小时还没回来——"

"就去珍奇嘉年华等你,我知道。"

"好。如果年轻人比利·麦特森回到磨坊了,就跟他一起来找我。"

"记得走直线去。"

博士点点头,"别忘了去路上所有的茶馆和客栈都看看。他说不定午饭吃得晚了些。"

"午饭,我还没吃午饭呢。"克拉拉这边说着,博士在那边已经转身离开了。

空气很新鲜,淡淡的阳光透过云层和雾气照了下来。博士心想,在维多利亚时代的伦敦,这算得上是很美好的午后了。他朝码头方向走去,一路上注意着货运马车,免得错过了比利·麦特森。此前仓库的人跟他说过,比利是五十多岁的光头矮个子。按照博士自身的标准来说,他当然还算是"年轻人"了。

与此同时,博士还思考了他们目前为止搜集到的信息,以及米尔顿有可能在做的事情——不管他究竟是谁……暂时离开了克拉拉和斯塔克斯,博士终于可以平静从容地思考一会儿,他现在绝对不想被打扰。

但就在此时,有人忽然朝博士喊了一句:"啊,年轻人。"那是位年长的绅士,正挥舞着手杖朝他快速走来。那人头发花白，高高的前额上有些脱发，往后梳的头发散在脖子后面的领口处。他一副标准的维多利亚时代打扮，身着深色外套和方格纹裤子，打着黑色的细领带。

老人来到他面前，博士不耐烦地问："什么事？"

"希望你能帮帮我。"那人的声音很坚定，还有点儿挑剔的意味。他把手抬到下巴的位置，夸张地用手指来回蹭了蹭，"我刚到这座城市，异乡人在异乡[1]，我想，你也是一样，对吧？"他认真地盯着博士，"不是吗？"

"不是。"博士回答。

那人眨了眨眼睛，"你说什么？"

"我帮不了你。"这么说好像有点无礼，博士也认为自己确实有点无礼。于是，他勉强挤出了一个微笑，"再见。"然后就飞快地走了。

几分钟后，他又被叫住了。这次是位邋遢的男士，穿着一件大了好几号的外套，还皱巴巴的，仿佛睡觉时都穿着。他比博士矮，头发乱糟糟的。博士可以清楚地看到那人的头顶，因为他低着头，一直没看前面，结果就不偏不倚地撞上了博士，随后惊讶地后退了几步。

"啊，非常抱歉。走路真应该好好看路才行。"那人皱了皱

---

1. 此处的原文是"a stranger in a strange land"，致敬美国科幻大师罗伯特·海因莱因的经典名作《异乡异客》。

眉,又笑了起来,黑色的眉毛也挑起来了,"我认识你,对不对?"他的语速很快,食指若有所思地按着嘴角,"不,别告诉我——我绝对不会忘记别人的脸。不过,嗯,抱歉——你记错了,我不认识你。我们根本就不认识对方,对不对?你把我当成别人了。"

他把手在前襟上擦了几下,然后礼貌地伸了出来。

博士没理他,只是大声地叹了口气,然后就从他身边走过了。"我们之前没有见过。"他说,"现在也不该见面。"

"哦。嗯,那真是遗憾……"那人看着博士大步走开了。如果此时博士回过头去,就会看到那人的脸,以及他的服装,全都闪烁着褪去了。他所有的特征都逐渐消失了。

又过了几条马路,博士撞上了第三个陌生人。虽然这次是博士主动撞的别人,但细细想来,应该是那人从路边径直跑到他面前的。

"哎,你啊,"那个人说,"全伦敦就没人会好好走路吗?"那人挺直腰板盯着博士,个子挺高,"你不会看不到我这么一个人吧?"

那人说得没错——他确实很引人注目,穿着镶褶皱边的衬衣,紫色的天鹅绒大衣,大红色带细纹的披肩,正插着腰从下往上打量着博士,头发蓬松而花白。

"我当然看到你了。"博士不耐烦地说,"是你没看到我吧。"然后,他就快速地走开了,那人在他身后气急败坏地说个不停。

随后,某个和博士差不多高的人一路跟着他走过杰弗森路,博士努力地无视对方。他不希望别人看见他和这个人走在一起,因为这人戴了顶旧帽子来遮掩自己乱糟糟的棕色卷发,还围着一条特别长的围巾,就这样他还以为自己很时髦呢。

到了那条路的拐角处,戴围巾的人从大衣口袋里掏出一个纸袋递给了博士。他瞪大眼睛,露出门牙大声地问博士:"要不要吃一颗沃辛顿超级薄荷糖[1]?真的很好吃。请吧,吃一颗。"他极力推荐道。

"谢谢。"博士说着,从纸袋里拿了一颗出来,剥开糖纸就吃了。"真不错。"他含着那颗大薄荷糖,努力想要说清楚,"很好吃,薄荷味儿很浓。再见了。"说完,他就快步走开了。

安菲尼提早就知道博士不好对付。一般来说,接近目标最好的办法,就是变得与对方某一方面的人格相似。比如对珍妮来说,最好就是变成一位年轻的男仆;而对瓦斯特拉夫人来说,这就更简单了——变成她的同类就好,要像她一样的孤独迷惘,同时努力掩盖内心的脆弱,却又想要获得慰藉。

但是,博士见到他自己时的反应,跟安菲尼提此前遇到的所有人都不一样。博士似乎对自己有着多重印象,但安菲尼提不知

---

1. 维多利亚时代的糖果。

道这是为什么。在展示了博士的多个人格侧面[1]之后，安菲尼提发现博士似乎并不是十分喜欢他自己。

博士几乎没注意到那位身着白色外套和浅色条纹长裤的金发年轻人。接下来，安菲尼提变化成了让人难以忽视的形象。博士把这个穿着花哨外套的大高个儿上下打量了一番，然后以嫌弃的态度说：

"不，不管你是要卖什么，我都不感兴趣。"

"卖什么？"安菲尼提说，"卖？我可不是卖东西的。"

"那就好。"博士说完就走了。

等克拉拉找到博士的时候，他已经快被那些人烦死了。最后一个来找他的年轻人穿着件粗花呢外套，领结跟衣服完全不搭调，往下垂的一撮头发看起来仿佛是要离开头皮独自飞走似的。他好不容易才明白，博士根本不想跟他搭话，当克拉拉过来的时候，他终于让到了一边。

"你在这里干什么？"博士依然很不耐烦。

"嗯，不想见到我啊，但我倒是很高兴见到你。"她说，"有人刚才到磨坊说，他在兰彻斯特街的老鹅酒馆看见比利·麦

---

[1]. 上文博士遇到的四个陌生人，正是安菲尼提参照第一任至第四任博士的形象伪装而成的。给博士吃薄荷糖的举动，是模仿第四任博士喜欢和别人分享软糖的习惯。下文出现的陌生人，分别是模仿第五任、第六任和第十一任博士的形象。

特森在那儿喝酒吃馅饼。我想,我们应该赶快去找他。"

"说得对。"博士表示同意,"知不知道……"

"那边。我知道方向。"

"那就走吧。"博士又看了看旁边那个打着领结的年轻人,随后朝克拉拉指的方向快步走去。"你怎么这么快就追上我了?"博士不解地问,"你是一路冲刺着跑过来的吧?"

"很奇怪吗?我当然也很能跑。"克拉拉回答,"不过,我是坐车来的,刚在那边下车。"

在他们身后,那个头发很离谱的年轻人用手抹了抹脸,那张脸顿时变得一片死寂。他得去找安帕斯了,必须告诉他比利·麦特森的位置。

"他刚走了。"酒馆老板说,"好像还挺着急的。"他指了指近旁的一张桌子,上面还摆着吃了一半的馅饼和喝了一半的啤酒。

"那你知道他去哪里了吗?"克拉拉问。

老板耸耸肩,"跟一个送葬的人走了,至少我觉得那人应该是搞殡葬业的。大概是出事了吧。"

"肯定是出事了。"博士说。

他们走出酒馆,博士抓住了附近的一个路人,是个卖火柴的女孩。她吓得惊呼了一声。

"一个秃头和一个送葬的,"博士着急地说,"你看到过没有?他们往哪个方向走了?"

"请告诉我们。"克拉拉在博士身后补充道。

"买点火柴吧?"女孩紧张地说。

"好啊,"博士回答,"我特别喜欢火柴。就算是那种烧一下就熄灭的也喜欢。"

"难道还有别的火柴不是这样吗?"克拉拉问,但是博士没理她。

"先告诉我那两人去了哪儿,我保证买你的火柴。"

女孩朝小巷的方向点了点头,"从那条路往酒馆后面去了。也不知道为什么去那里,那边就是个后院。"她说着,将一盒火柴递给了博士,"三法新[1]一盒,先生。"

博士眯起了眼睛,"有点儿贵啊。"

女孩摇了摇盒中的火柴。

"不过,今天情况特殊,就给你半克朗吧。"他接过火柴,给了她一枚大大的银币,"不用找了。"

博士和克拉拉进入了小巷。巷子的宽度仅能容纳一辆货运马车,一直通到酒馆的后面。博士走在克拉拉的前面,他们很快就到了院子外的两扇门处。其中一扇门虚掩着,他推开门进去,片

---

1. 英国1961年以前使用的旧铜币。1英镑=4克朗　1克朗=60便士　1便士=4法新

刻后，又出来了。

"怎么了？"克拉拉问，"没人吗？"

博士竖起手指放在了嘴唇上。"不巧。"他轻声说，"我们来晚了。"

他示意克拉拉跟他一起从两道门之间的缝隙悄悄地往里看。她看见一个人，应该就是比利·麦特森，正在院子的尽头瞪着他们。他看上去犹如一具古老的尸体，生命正从他的身体里流走。他面部的皮肤渐渐松弛、干枯、萎缩……

一个人正站在麦特森面前，他伸手抓住了麦特森的肩膀，这人应该就是酒馆老板说的那位送葬人。但真的是送葬人吗？他穿着全黑的衣服，一块黑色的丝绸从帽子后面垂了下来。

送葬人突然转身，博士赶紧把克拉拉拽到了一边。她只匆匆地瞥了那人一眼——他先是一脸愤怒，随即又变成平静而空洞的表情。博士把她推到了巷子一侧的阴影中。片刻后，那黑衣人从门缝间出来，然后沿着巷子离开了。

"麦特森，"克拉拉焦急地说，"我们得去救他。"

博士让克拉拉转过身来背对院子，"太晚了。我们得去追那个凶手。"

"我们为什么不留在这里，拉响警报？"

"然后解释一大堆非常麻烦的东西？"

他们离开巷子的时候，克拉拉又问："但到底是怎么回事？"

"我也不确定。不过,我有些很不好的推断。"

"他真的是送葬人吗?"

"他跟死亡打交道,这是肯定的。今天下午,我遇到过几个非常奇怪的人。而这个送葬人,正好碰见了送上门的生意,这也算是很奇怪了。"

由于衣着奇特,要跟踪那位送葬人并不太难。他似乎是要返回河边。

"大概是要去霜雪集市吧。"克拉拉说。

但是,在到达路堤之前,他忽然转了个弯,最终来到了一座距街道有一段距离的大宅子前。房子的马车道上铺满了砂石,路边还种着一排树。因此,博士和克拉拉借着树的掩护来到了房子前面。那位送葬人则打开大门走了进去。

"要等他出来吗?"克拉拉问。

"那就不好玩儿了。"博士说着,迅速来到了大门口。克拉拉刚追过来,他就已经打开了门。

"动作真快。"

"根本就没锁。"

他们小心地进入了门厅,听见房子深处传来了平稳的脚步声。

"这边。"博士小声说着,快步追了过去。

他们看见，送葬人黑色的身影出现在了一条通往楼梯的走廊上，然后又进入了走廊旁边的房间。博士和克拉拉警觉地跟在后面，发现那是一间宽敞的藏书室。送葬人径直往房间的另一端走去。他们则从门口迅速跑到了宽大的真皮扶手椅后面，接着，又躲进了飘窗那厚重的窗帘后面。从这个位置可以清楚地看到送葬人的举动。

"那是什么？"克拉拉悄声问。

博士耸耸肩，摇了摇头。送葬人正站在一个很大的玻璃球体前。球体放在一根支架上，看起来就像是较大的装饰性球体。玻璃球的内部有一团黑烟，仿佛飘浮的雾气一样，慢吞吞地盘旋着。送葬人打开球体侧面的一扇圆形门，好像是一个观察口。然后他俯下身，把头伸进了玻璃球。

由于球形玻璃的折射，他的脸显得有些扭曲，黑色的雾让他的脸看着有些模糊。那人无比平静的面孔突然变成了极其愤怒的模样。他的嘴张得很开，一股黑烟从嘴里倾泻而出。随着黑烟进入球体，他愤怒的神情也渐渐消失了。

片刻后，黑烟散去。送葬人闭上嘴把头缩了回来，然后又快速地关上了玻璃球圆门。他的脸又恢复成了平静空洞的样子，然后慢慢离开了房间。

博士和克拉拉一直盯着玻璃球中盘旋的黑烟，这时，窗帘忽然被掀开了。

"你们两位都来了,真不错。"一个声音在克拉拉耳边说,"米尔顿先生在等你们。"

16

西卢埃特就站在他们身边,手里还握着被她拉开的窗帘。她没穿斗篷,身上只有条鲜红的长裙,脖子上戴着一块硕大的镶嵌在银底座上的猩红水晶,水晶反射着窗外的光芒,闪烁不已。

"请跟我来。"她说。

"要是我们不跟你走呢?"克拉拉问。

西卢埃特笑了笑,"那我就必须告诉二位,你们的朋友,蜥蜴夫人和她的女仆会因此而丧命。"

"我们这就跟你去。"博士阴沉着脸说。

西卢埃特带他们离开房间,沿着走廊来到了屋子后面。他们经过的时候,墙上挂着的肖像仿佛在俯视他们。有个白胡子的人,长着一张饱受岁月侵蚀的阴郁脸庞,他仿佛兴趣十足地目送着博士一行走过去。

克拉拉抬头看了看那些肖像,"你有没有觉得,那些画像一直盯着我们?"

博士抬起头,恰好看到那老头儿的眼睛追随着他瞟了过来,

"我也觉得。"

"抱歉,"西卢埃特说,"积习难改。"他们来到一间更开阔的房间。西卢埃特指了指门,"你们先请。"

这间房子很黑,只有那座光柱形成的牢笼是亮的,瓦斯特拉和珍妮正在笼子中间。

"博士!"瓦斯特拉刚松了一口气,就看见西卢埃特和他们一起进来了,又不禁失望起来,"原来你们也被抓住了。"

"他们自以为抓住我了。"博士安慰她,"别担心,我这就把你们救出去。"

"米尔顿在卖武器。"珍妮说,"他是个外星人,专门把人转变成武器。"

"嘘,别现在就剧透到底啊。"

博士和克拉拉转过身,看到米尔顿恰好走了进来,"你把我的秘密都告诉他了,那我们喝茶吃饼干时,还有什么话题好聊呢?"

"放了她们。"博士说。

米尔顿笑了笑,"那当然不可能了。她们现在的处境对我来说非常有价值。她们所处的位置,只要通过一个按钮或者说出特定的词儿就能被处死。"

"你要是杀了她们——"博士愤怒地说。

"只要你按我说的做,我就不会杀她们。"米尔顿打断了他的话,"你应该也看出来了,我不是开玩笑的。现在,我们去书房吧,西卢埃特会给我们泡茶的。我真是很想和你聊聊。"

"但我没心情聊天。"博士严厉地回答道。

"真遗憾。那你就只能听我和这位小姐聊天了。"

"我也没有心情聊天。"克拉拉说。

"那你就在笼子里等着吧。或者也可以吃点儿饼干,然后礼貌地加入我们。都随你的便。"米尔顿一脸微笑。

克拉拉看了看瓦斯特拉和珍妮,她们正坐在光束中间的地上。权衡之下,喝茶确实比较好,但是她又不能抛下她们俩。

"跟他去吧。"瓦斯特拉回答,"你在这里也帮不了我们。"

"我们没事的。"珍妮肯定地说。

"我会给你们留点儿饼干的。"克拉拉向她们保证。于是,她和博士、米尔顿、西卢埃特一起离开了这个房间。

米尔顿的书房给人一种整体上非常怪异的感觉。这间房子位于一座维多利亚时代城市大宅的中心,但屋内陈设看起来却好像二十一世纪的办公室或者酒店的商务套房,里面有休息区和一片抬高了地面的工作区。米尔顿很热情,也很有礼貌。西卢埃特端茶进来的时候,还朝着克拉拉微笑,仿佛她们是老朋友一样。

但这友好的表象却令人紧张,克拉拉知道博士也有同感。他看起来和米尔顿交谈甚欢,甚至被对方的笑话逗乐了。但是,他的眼睛却时不时变得像燧石一样冰冷而锐利,虽然这种眼神稍纵即逝,但那是他在评估对方时的反应,米尔顿目前确实把他们都抓住了。克拉拉再一次感觉到博士的情绪有好多个层次,在表象之下,一闪而过的情绪才是他对事物的看法。而在这些一闪而过的看法之下藏得更深的地方,那几乎从来不会泄漏的部分才是他真正的感受。

博士喝了一口茶,"所以你被通缉了,而且不管是死是活,你的脑袋都很值钱。都这样了,你还不觉得自己做的是错的吗?"

"别傻了,博士。"米尔顿回答,"世上总有战争,因此武器也总有市场。总得有人来创造利润,那我为什么不能做呢?"

"你干这行多久了?"博士问。

"因为这是错的!"克拉拉说。她简直不敢相信自己正一边喝茶,一边谈论把人改造成武器这件事。

"我并不是要为战争辩护,"米尔顿说,"只是从中牟利而已。我知道,你肯定是第一个跳出来谴责战争带来疾苦的人。"

"而你却从痛苦中获利。"克拉拉回答。

"当然。我就是从痛苦中获利的,然后我会花钱让经济发展,创造就业,确保其他市场板块也有利润。毫无疑问,这是好事。"

克拉拉接不上话,只能求助地看着博士。

"但你剥削他人。"博士说,"不管别的武器交易中存在多少道德的灰色地带,剥削和奴役有智慧的生命都绝不是正当的行为。"

仿佛是为回应博士的话,米尔顿转向了站在一旁正准备给他们添茶的西卢埃特。"你觉得自己受到了剥削吗,亲爱的?"他问道,"或者受到了奴役?"

她露出微笑,"当然没有。"但克拉拉注意到,她眼中闪过了一丝异样。随后,她摸了摸脖子上的红色水晶。

"显然我们还应该就自由意志争论一番。"博士对米尔顿说,"但是,我觉得自由意志就像道德一样,对你毫无意义。"

"一件武器要有效,就必须得可靠。"米尔顿回答,"如果你不知道自己能否依赖这件武器,那它就没有用处,毫无价值。"

"人总是有价值的,这是肯定的。"

"很好。"米尔顿笑着说,"那么,我可以因此断定,你为了保护那些被抓住的人,肯定会按我说的去做?"

"我可没说过这种话。"

"确实没有。"米尔顿表示同意。他把自己的茶杯放在了碟子上,"就算你说过,我大概也不会信。西卢埃特你肯定已经认识了。安菲尼提你也见过了。"

"没有吧?"克拉拉说。

"见过了。他是一个非常有趣的人。或者应该说,是很多个有趣的人。他能够分析别人的人格，知道什么事情能引起对方的兴趣。不过，博士，他对付你的时候却失手了。"

"我还真想不出这是为什么。"

"我也不知道。"米尔顿说，"所以，西卢埃特才给了你一只特殊的杯子。"

博士皱起眉头，打量着自己的茶杯。在克拉拉看来，它和其他杯子别无二致。

"DNA和生物计量取样？"博士猜道。

"分析唾液、汗水和皮肤细胞的成分，同时还监视一切的生命体征。"米尔顿说，"一切数据都会直接传回我的电脑。我想很快就会有结果了。"

"你也可以直接问我的。"博士说。

"说得好像我能相信你会愿意告诉我一样，而且会说真话似的。"

"相信别人总是好的。"克拉拉说，"你不信任他人，就什么也做不成。"

米尔顿似乎被逗乐了，"是吗？那你说说看，博士从没误导过你吗？他总对你有问必答吗？他有没有欺瞒过你？"看着克拉拉的脸开始发白，米尔顿不禁愈发兴致盎然，而克拉拉的心里却不由一冷。"你是他的朋友，但信任并没给你带来什么，除了时不时的死亡阴影罢了。"

"你倒是知道不少活在死亡阴影之下的人。"克拉拉反驳道,"说说比利·麦特森吧。"

"谁?"

"这倒是证明了我刚才的话。"博士平静地说,"你没有丝毫的道德感,对被你杀害的人也毫无感情——不对,应该是被你的武器杀害的人。"他俯身向前,"说说看,麦特森到底怎么了?还有被你那位送葬人朋友杀死的其他人,他们到底怎么了?"

"我的送葬人朋友?"

"那人把别人的生命吸出来,然后吐进了一个鱼缸似的东西里。"克拉拉说。

"哦,那是安帕斯,这下可说到有趣的地方了,很高兴你主动提起他。他是我最新武器的关键,最新,而且是最伟大的武器,我认为的确可以这样说。"

"那我们衡量事物的标准肯定截然不同。"博士说。

米尔顿没理他,而是靠在了椅子上,手指轻敲着桌子说:"我刚发现他的时候,他还是个可悲又可怜的人,也是在嘉年华工作,但做的都是些很不起眼的杂活儿。嘉年华真是个好地方。不过,话说回来,我一直都没记住他的名字。"

"他叫大卫·卢瑟福。"西卢埃特轻声说。

米尔顿似乎没听见,"他是那种一心想要适应环境的人。不是刻意而为，但会根据周围人的情绪而改变自己的行为。如果他们开心，那他也开心；如果别人悲伤，他也仿佛承受着全世界所有的不幸。他附和着别人的感受，透过他人的眼睛看世界。从情感上而言，他时刻都富有可塑性，又善于接受。"

"这不好吗？"克拉拉说，"听起来挺有同情心的。"

"是啊，同情，甚至可以说是共感[1]的。所以，我就提升了这项能力。"

博士靠近他，"所以他杀人时，会吸收对方的主要情绪，把情绪榨干后，就只剩下空空的、毫无生气的躯壳了。"

米尔顿得意地在空中晃了晃手指，"你说得完全正确。"

"那除了杀人，他这项能力要如何作为武器使用？"克拉拉问。

"根据斯塔克斯的说法，被谋杀而死的人都很愤怒，"博士说，"非常愤怒，充满敌意，而且内心压抑。由于受到了外部环境的不公正对待，他们都怒火中烧。"

"这座城市是世界上最富有的地方，"米尔顿说，"同时也是最贫穷的地方。这里有最幸运的人，也有最不幸的人。他们有的对命运十分满意，有的却始终郁郁寡欢。"

---

1. "安帕斯"是"Empathy"的音译，有"同感、共鸣"之意。

"还是狄更斯[1]说得更好。"博士小声说。

"那又怎么样?"克拉拉问,"这个叫安帕斯的家伙把别人的怒气都拿走了?"

"对。愤怒,敌意,怨气。"

"不止如此,"博士的语气突然严肃起来,"你还把它们都储存了起来。安帕斯把别人的怒气都吐进了你藏书室的玻璃球里。"

"这是为了创造一个物体,一团纯粹由愤怒构成的云雾。"米尔顿突然大笑着站了起来,"那才是真正的武器。"

"太恶劣了。"博士反驳道。

但米尔顿忽然起身穿过房间,走到平台上的书桌边坐下。他打开一台薄薄的平板设备,盯着屏幕摆弄了一会儿,然后又满意地点点头,慢慢地回到了博士这边。

"谁能想到呢?"他说,"这下我明白为什么安菲尼提会很不解了。"

"他确实会让人感到很费解。"克拉拉说。

"时间领主,肯定是的。"米尔顿又说,"这可不是每天都能遇到的。其实,我根本就没指望自己能遇到一位时间领主。"

---

[1] 英国大文豪狄更斯代表作《双城记》的开篇一段话,一直被世人奉为经典:那是最昌明的时世,那是最衰微的时世;那是睿智开化的岁月,那是混沌蒙昧的岁月……我们眼前无所不有,我们眼前一无所有。

"我想你以后也不会再遇到了。"博士说。

"你居然还想谴责我创造和使用武器?"米尔顿咂咂嘴,又晃了晃手指,仿佛是在责备学校里的捣蛋男生,"你们这个种族,要为宇宙中最具毁灭性的战争负最大的责任。而我,只是个微不足道的军火商,只想避开法律道德讨一份生活。不过,你可是这方面的专家啊,一旦涉及战争,你的道德标准就发生翻天覆地的变化了。"

"但我结束了那场战争。"博士说。他的声音很低,态度也很令人紧张。

"据说,为了终结那场战争,牺牲了无数的生命。"米尔顿说,"可你刚才还说,每个生命都是有价值的。"

大家都沉默了一会儿。"茶喝够了吧?"米尔顿再次开口,"亲爱的西卢埃特,来收走茶杯。我们现在就移步藏书室吧。"

送葬人安帕斯正在米尔顿的书房门口等着。当他们往藏书室走的时候,安帕斯跟在后面,他低着头,手背在身后,仿佛跟随着一支送葬的队伍。

他们来到了玻璃球前,米尔顿骄傲地说:"纯粹的、原始的愤怒。"

克拉拉看到玻璃球后面有一根管子,通往壁炉和烟囱。

博士也看到了。"你不是想把这些都释放出去吧?"他惊诧地问。

"武器不经测试,还有什么用呢?"米尔顿说,"想象一下伦敦这样的城市会变成什么样子。在这颗落后星球上最大、最先进的城市进行演示,这当然是最好的选择了。"

"那会发生什么事情?"克拉拉问。

"一大团愤怒会通过人们的呼吸感染所有人。"博士说,"你以为呢?"

米尔顿转向安帕斯,"那你觉得呢?"

"会发生暴动。"安帕斯说。他的声音很平静,和米尔顿的声音一样毫无感情,"暴力,流血,谋杀。几小时后,这座城市就会发生内战。几天后,就没有人活着了。"

"但那就……"克拉拉努力想要找出一个足够有力且愤慨无比的词,"你不能这样做!"

"但我也说了,武器必须要测试。"米尔顿回答,"如果我要卖出高价,就得证明这件武器像宣传的那样强大而有效,就必须得展示出它的实际效果。这也就是你可以派上用场的地方了。"

"我?"克拉拉不解地问。

"其实,准确地说是博士。"米尔顿走近了博士,"安帕斯可以马上就杀了你。所以,千万别傻到以为可以乱来。我想把你改造成武器,事实上,我认为你将成为最具毁灭性的武器。面对现实吧,你已经是半个武器了。"

"你不能这样随意妄想。"博士平静地说。

"可是,现在我已经知道你是谁——属于哪个种族了。你……"他摇了摇头,"安菲尼提觉得棘手,大概我也会遇到麻烦。你提到过自由意志,但我的武器绝不可以拥有如此奢侈的东西。"

"你用了脑部植入。"博士说,"由那块水晶提供能量。"

"噢,你发现了。"

"是西卢埃特脖子上的水晶吗?"克拉拉问。

"我的确通过水晶控制她。"米尔顿说,"安帕斯和安菲尼提也被他们戒指上的水晶控制着。看。"

他示意安帕斯伸出手,只见其中指上戴着一枚镶有红色水晶的戒指,比西卢埃特的那块小一点儿。

"西卢埃特更有主见,所以水晶必须大一些。"米尔顿说。

"你要把这些水晶安装到我们身上?"克拉拉问。

"你,可能还有那两个人,恐怕还需要做点儿手术。"他又转向博士,"但你不用。"

"为什么?"博士问,"水晶看起来挺好,而且我也喜欢红色。"

"因为恐怕房子那么大的水晶都控制不了你。真是遗憾。我也说了,你将是我军火库中非常杰出和有价值的武器——这个价值，我指的是价格会非常昂贵。"

"那我很抱歉给你带来了不便。"博士露出笑容。

此时，米尔顿点了点头，安帕斯就来到了玻璃球旁边，把手放在小门上。

"没关系。"米尔顿说，"你想不想看看安帕斯要做什么？"

"特别想看。"博士说着，走到那位黑衣人身边，"他要做什么？"

"在用整座城市进行武器测试之前，我要先用一个人来测试一下。"米尔顿说话的时候，安帕斯已经一只手打开了小门，另一只手则猛地抓住博士的后脑勺，把他奋力塞进玻璃球里。

博士被这突然的袭击吓了一跳，他喘着气竭力挣扎着，但头还是被塞进了玻璃球里——他不停地咳嗽喘气。

"不——住手！"克拉拉扑了上去，但米尔顿抓住她，一把拽了回来。

"他不会伤害任何人。"克拉拉挣脱了米尔顿，"你绝对不可能强迫他伤害任何人。"

"也许你是对的。"

安帕斯把博士拉了回来，然后关上玻璃球的门，米尔顿则满意地笑着。博士跪倒在地，双手抓着喉咙不停咳嗽干呕。他眼睛瞪得很大，全身开始发抖，一脸狂怒的表情。

米尔顿突然从背后推了克拉拉一把。她向前扑腾了几步，单膝跪倒，恰好对上博士那张扭曲的脸。

"就让我们拭目以待吧。"米尔顿说，"他会不会杀了你泄愤呢？也许他会强忍住愤怒，但那样的话，他会彻底崩溃的。"

17

博士满脸愤怒的神情,正咧开嘴咬紧牙关,额上的皱纹愈发明显。他四肢伏地,手指紧紧抠着地板,呼吸急促得几乎像是在抽泣。总之,他在努力地克制愤怒情绪。

"快了。"米尔顿说,他的声音里充满了满足感。

克拉拉看着博士可怕的脸,却没办法把眼神移开。他的双眼充血突出,以一种无比邪恶的神态盯着她,哪怕是在面对最恐怖、最邪恶的生物时,她也没见博士露出过这种神情。他抬起手,手指都弯曲成了爪子形,胳膊还抖个不停。他朝克拉拉伸出手——是在寻求帮助吗?还是,要用那指甲划破她的脸?他的呼吸十分紊乱——短促而尖锐,正绝望地吸入空气,唾液从嘴角流了出来。他的脸上已血色全无,只剩死人一样的苍白。

"克拉拉!"他喘着气说,"克拉拉,我——"

"我能做些什么?"克拉拉问。

但博士似乎没听见。他的眼珠开始往上翻,然后向后一倒,手臂摊开,眼珠里只能看到眼白。

"你什么都做不了。"米尔顿在她身后低声说,"我认为这个结果算是成功了。"

她急切的心情瞬间变成了愤怒。正当她转身想要狠狠抓破米尔顿那张脸的时候,她听见博士笑了起来。

但那声音不完全是笑,更多是被折磨后发出的喘息,"你这个结果实在不怎么样。"

他的喘气声变成了咳嗽,最后又变成长长的呼吸声。博士扶着克拉拉的胳膊,慢慢地站了起来,他看上去依然疲惫而苍白,但是那种龇牙咧嘴的模样已经消失了。

愤怒之意依然潜藏在他的话语中,"你以为可以把愤怒作为武器来对付我?曾经有很长一段时间,我都无比愤怒。所以,不管是你还是其他任何人,都没资格教我什么叫作愤怒。"

"似乎的确如此。"米尔顿失望地说,"你真让我惊讶。"

博士松开克拉拉站好,不再让她扶着。虽然还有些站不稳,但他脸上却挂着轻蔑的神情。现在,他看起来不再愤怒了,倒是非常的疲惫。控制突如其来的愤怒显然耗费了不少精力。

"但你又会怎样呢?"博士说。

"我?你不用担心我。"米尔顿回答。

"把那种烟雾散布出去,会渗透全伦敦所有的地方,当然也包括这座房子。"

"说得没错。"米尔顿似乎很赞同。

"所以，你不能把它释放出去。"克拉拉忽然明白了，"不然你自己也会受到影响。你肯定无法像博士一样抵挡住愤怒的冲击。"

"你说得没错。"米尔顿表示同意，"所以，我必须确保自己不吸入任何愤怒的烟雾。"他回到了玻璃球旁边，"你们也注意到了吧，除了这扇小门以外，容器唯一的出气口就是通往烟囱的管子了。"

"那也没用。"博士说，"烟雾会混在伦敦的雾气中一起传播。也许要花上一点儿时间才能散开，但是，不管你在哪里，总会吸入的。"

"先听我把话说完。这个容器上是没有任何散布气体的机械装置的。"

"那你不打算把它释放出去吗？"克拉拉很迷惑。

"远程系统。"博士明白了，"你会从另外的某个地方启动它，某个安全且密闭的地方。"

"我的飞船上。"米尔顿说，"这座房子下面有我的秘密基地。外面的马车房里是发射斜轨。我倒不是想去别的地方，只不过可以从飞船上远程监视烟雾的效果。"

"等烟雾散去后再出来。"

"我认为七十二小时后，愤怒的烟雾就会被伦敦城的居民吸收殆尽了。最多再过十二小时，这些人就会全部死亡。我想，也包括你,博士。你也许可以抵御那一小部分烟雾的力量,但如果全部都释放出去的话,你也是敌不过的。就算你忍受得了,其他愤怒的人也会把你撕成碎片。"

这人异常平静的态度让克拉拉感到震惊。他站在那里,谈论着为了达到某种产品展示效果而杀死伦敦的所有人,那神态如同在展销会上发放小广告一样平常。她觉得自己越来越气愤。

尤其是他还伤害了博士,这让她实在无法再压抑内心的愤怒了。于是,她扑向米尔顿,掐住了他的脖子。但米尔顿比表面看起来更加敏捷强壮,他一把就抓住克拉拉的手腕,把她推开了。她摇摇晃晃地后退了几步,博士赶在她摔倒之前接住了她。

"好了,好了,"米尔顿责备道,"别忘了我马上就能杀了你们的朋友。"他从口袋里掏出一个装置,"我可以改变那座笼子的大小,可以让光束越收越紧,直到……"他故作悲伤地摇了摇头,"那不会是什么好结果。"

"我们会阻止你的,米尔顿。"博士说,"我绝不会让那种事发生,这一点你得记住。"

"我知道。"米尔顿依然表示同意,"所以,你必须得死,很遗憾。我之前希望你多少能派上点儿用场,但显然你完全没用。现在,我必须先向两位告辞了。在释放武器之前,还有最后一点准备工作。就让安帕斯悉心照顾你们吧。"

米尔顿随即转身打算离开。博士想跟上他,但是被安帕斯拦住了。

"我需要把愤怒从你身上拿回来。"米尔顿站在门口说,"安帕斯还可以顺便把这位小姐的愤怒也拿走。我们之前也看到了,她心里可憋着不少怒气。遗憾的是,这个过程会杀死你们二位。"他转身想走,但又犹豫了一下,"抱歉——其实我并不遗憾。之前我对西卢埃特说过,不是真心实意就不要道歉。我一点儿也不觉得遗憾。再见了,这个下午真是愉快又刺激啊。"

"我也希望确实如此。"博士回答,不过米尔顿已经走了,还顺手关上了门。

"那我们现在怎么办?"克拉拉问。

"你们会去死。"安帕斯说。

"不,安帕斯——你想想看,"博士赶紧说,"那团愤怒烟雾可以杀死伦敦所有的人。你的朋友、你关心的人肯定有不少就住在伦敦吧。你或许可以抵抗这种烟雾,但也或许不能。想想这座城市的其他人吧。"

安帕斯走近他们,大张开嘴准备吸取他们的愤怒和其他情绪。

绝望之中,克拉拉说:"要是我们把这颗球体打破会怎么样?"

"那可不太好——会把愤怒的烟雾全都放出来的。"博士朝安帕斯走了一步。"好吧,"他说,"好吧,你要想杀了我们,那就先杀了我吧。"

"不——博士!"克拉拉叫了起来。她冲上前想把博士推开。也许在安帕斯杀死她——把构成她这个人的全部情绪榨取出来的时候,博士可以趁机逃脱。如果说有谁能够阻止米尔顿的话,那就只有博士了,所以自己必须为他创造机会。

但安帕斯已经开始吸取博士的愤怒了。她能看到一团黑色烟雾从博士的嘴巴和鼻孔里飘出来,很像玻璃球里的黑雾,只是更加稀薄。接着,他全身上下仿佛都涌出了烟雾,而安帕斯则把嘴巴张开到了不正常的程度,尽情地吸收着这些烟雾。

"你想要我的愤怒,"博士喘了口气,"想要那就拿去吧!"

他张开双臂,同时张大了自己的嘴。薄雾瞬间变成了浓稠的黑烟,像巨浪般涌向安帕斯。这时,有人发出了一声长长的尖叫,那声音充满了痛苦和惊慌。克拉拉过了一会儿才明白,尖叫的并不是博士,而是被黑烟完全吞没的安帕斯。

黑烟慢慢散去,露出了躺在地上的黑衣人。他的帽子掉在了稍远处,上面挂着的黑色丝绸在木地板上弯成了问号的形状。

"这是怎么回事?"克拉拉问,"他死了吗?"

"没有,只是暂时晕了过去。他摄入了太多情绪,把我刚才吸入的所有愤怒都吸走了,还额外吸收了一点儿别的。但是,好像他承受不了。"

"我们该怎么阻止米尔顿释放这些烟雾呢?"

博士已经开始检查那个玻璃球体了,"没办法让它安全消散,也无法将这个球体与释放装置分离开。"

"所以,我们就阻止不了他了?"

博士用食指抵住下巴想了想,"除非能及时拦住他。"

"要是拦不住他呢?"

"那我们就需要有应急预案。"他又看了看躺在地上的安帕斯,"嗯,这样可能会有用吧。"他小声说了一句,接着又提高了嗓门儿:"好了,你去找瓦斯特拉和珍妮,帮她们逃出笼子。她们可以帮你找到米尔顿。说不定,你们可以阻止他,但也可能阻止不了。"

"那你要做什么呢?"

"我在这里等一会儿,等到这位朋友醒过来。他刚才吸收了那么多的愤怒,肯定会暴跳如雷,而且特别恨我。"

"那你更要离他远点儿才行吧?"

"当然不行。"博士突然笑起来,克拉拉这才意识到,她已经有阵子没看见博士露出如此真切的笑容了,这就说明事情已有所转机。博士又说:"我要带他去嘉年华,他会喜欢那里的。"

——只要别发疯就行,克拉拉心想。

"你要干什么?"

"带他去珍奇嘉年华。如果你和瓦斯特拉、珍妮没能阻止米尔顿,那嘉年华就是唯一能阻止他用那团烟雾把所有人变成愤怒杀人狂的地方了。"

"好吧，那你先解释下为什么嘉年华能阻止他。"

"我很乐意。"博士回答，"但现在时间急迫——快去吧。"

克拉拉点点头，"好，你知道自己在做什么吧。"

博士朝她眨了眨眼睛，克拉拉觉得这就算是保险的回答了。安帕斯的身体已经开始动了，他慢慢从地上站了起来。克拉拉则从他身边溜了过去，沿着走廊快速跑向关押瓦斯特拉和珍妮的房间。

她听见身后有脚步声传来，回头一看，发现是博士正从藏书室跑出来，飞快地朝着大门跑去。那位身穿葬礼服的黑衣人安帕斯紧随其后也跑了出去。克拉拉在走廊上就能听见他气急败坏的嘶嘶吼叫声。

她喃喃道："唉，博士，希望你真的知道自己在做什么。"

博士跑出了米尔顿的宅邸，喃喃自语道："唉，博士，希望你真的知道自己在做什么。"

最麻烦的事情在于，既要让安帕斯留在视野范围内，又不能让他靠得太近。要是再来一次情绪吸取，博士不知道自己还能不能幸免于难。要不是他之前吸收了多余的愤怒，刚才那一下就足以杀死他了。同时，他还必须寄希望于安帕斯会一心一意地追赶自己，而不会将愤怒情绪发泄到其他路人的头上。这个人啊，也不知道他现在还算不算是个人了。

此外还有一个未知因素,在米尔顿朝全伦敦放出愤怒烟雾之前,博士不知道自己还有多少时间。他知道克拉拉、瓦斯特拉和珍妮会竭尽全力阻止米尔顿,但说实在的,烟雾肯定还是会被释放出来的。米尔顿既冷酷无情又很强大,说不定现在还满心怨恨,一定要准备应对最坏的情况才行。虽然有时候最坏的情况并不会发生,博士也很喜欢这种令人愉快的惊喜,但是,那毕竟是少数情况。

回到霜雪集市,博士高兴地发现,这里的人依然很多。时间已经接近傍晚,集市上点起了灯。他等了一会儿,确保安帕斯看见自己混进了人群。他需要时间做准备,也需要时间让米尔顿行动。绝不能让安帕斯太快找到他,因此,人群是不错的伪装,他可以借此暂时消失一会儿。

博士回头看了几次,安帕斯黑色的帽子在人群中很醒目。他也许猜到了博士要往嘉年华走,但是他多半不知道原因。尽管如此,博士还是绕了个大圈,避免安帕斯一眼看见自己。

他到达嘉年华的时候,并没有看到安帕斯。由于找不到今早的门票,博士只好又摸出一便士。他觉得自己真的可以免费入场,毕竟他是来拯救世界的。这时有一家人正要离开,是一对父母和一个男孩儿,那孩子满脸灿烂地微笑着,正说个不停。

"那是真正的美人鱼。"他说道,"真正的,确实存在的美人鱼。"

他们从博士身边经过的时候,那位母亲问:"你最喜欢哪个表演?"男孩儿犹豫地想了一下,但答案却令人震惊。

"大力士。"男孩儿回答道,"他真的太棒了。掰弯金属棍的样子真是厉害,还能举重呢。还记得他单手拎起一个人的样子吗?那人居然说他是假装的,重物都是假的。"

男孩儿兴奋不已地消失在了人群中。年轻真好,博士心想。但是——大力士又是怎么回事?可怜的迈克尔不可能奇迹般地死而复生了吧?不过,一切皆有可能——博士对此可是深有体会。

大力士表演的场地上聚集了很多人。博士挤进人群,周围不时发出惊讶的叫声和赞叹。当他挤进前面看清楚后,也和其他观众一起笑了起来。这真是精彩极了。

大力士掰弯了一根很粗的金属棍后,表演结束了。其实他不只是掰弯了金属棍,简直就是把它对折了起来。接着为了展示力气,他又把棍子掰直了。博士也和别的观众一起鼓掌叫好。大力士鞠了个躬,然后退回到自己的小帐篷里。

人群逐渐散去,博士走进大力士的帐篷。

"刚才的表演真是太棒了,"他说,"非常精彩。你知道如何吸引观众,这很重要,因为我需要你把所有表演者都聚集起来。变戏法的、小丑、杂技演员、吞火的,所有能找到的演员,全都找过来。"

"你是要召集军队吗?"斯塔克斯问。

"算是吧。"博士同意他的说法,"一支由演员组成的军队,来帮我们拯救这个世界,至少是拯救伦敦吧。"

"我们要打仗了?"斯塔克斯问,"要布置火力掩护,用删剪手雷、粉碎炸药和重型激光炮向敌人发起致命的正面进攻吗?"

"不完全是这样。"博士说,"我们要献上一场表演,这将是此生最精彩的一场演出。"

斯塔克斯沉默地思考了一会儿,然后点点头,他那没有血色的薄嘴唇往上一翘,露出了满意的微笑,"那非常好。"

18

　　光柱牢笼的光芒从天花板一路洒到了地上,这和克拉拉身后门外照进来的亮光就是房间里唯一的光源了。瓦斯特拉和珍妮依然坐在光束的中间。克拉拉进来的时候,她们俩站了起来。

　　"谢天谢地。"珍妮低声说。

　　"你一个人?"瓦斯特拉问。

　　"米尔顿出去了,博士正准备执行他的完美计划。"克拉拉简单地解释道,"怎么才能把你们放出来?"

　　瓦斯特拉指了指窗户那面墙上的控制板。克拉拉试了几次才关掉光柱,牢笼终于消失在了黑暗中。

　　"我们必须阻止米尔顿。"克拉拉对她们说,"他打算把一种由愤怒或类似情绪形成的烟雾释放到伦敦。"

　　"他想干什么?"瓦斯特拉问。

　　"这是一种武器。每个吸入或者接触了这种烟雾的人都会变成没有理性的杀人狂,或是僵尸之类的东西。"

　　"但他为什么要这么做?"珍妮问。

"为了向潜在的客户展示武器效果。"克拉拉说。

"他想重振自己的军火生意。"瓦斯特拉说,"不过他必须小心行事。根据他之前所说,一旦'影子宣言'发现了他的位置,肯定会来处决他的。"

"那他现在在哪里?"珍妮问,"我们去把他找出来吧。"

米尔顿之前说过,他的飞船就在这座房子下面。但克拉拉认为,最好是从他们一起喝茶的书房开始找起。她带领瓦斯特拉和珍妮穿过了整座房子,中途一个人也没有看见。

书房里也空无一人。

"他的桌子上可能有线索。"珍妮提醒道。

"有道理。"瓦斯特拉表示同意。

但是,桌子被收拾得很干净,只有一把极具未来感的小手枪和一台小巧的平板电脑,克拉拉之前曾看到米尔顿摆弄它的屏幕。

"不管他去了哪里,肯定都没带武器。"珍妮把那把枪递给了瓦斯特拉,"夫人。"

瓦斯特拉接过枪,简单地检查了一番又放回桌上,"上面有他的生物特征签名,我们用不了,只有米尔顿可以使用。不过,这个倒是更有用。"她摸了摸平板电脑,屏幕亮了起来,"他太自大了,居然不把电脑收好。"

"他一定是觉得没人会找到这里。"克拉拉说。

屏幕上闪过的大部分内容对她来说没什么意义——都是些符号和公式，用她从未见过的语言写成。但瓦斯特拉很快就想办法进入了监控系统，这座房子各处的画面出现在了屏幕上，其中的一幅画面上显示，一艘线条流畅的飞船正停在斜坡的尽头。

"他就是这样来到地球的。"克拉拉说。

"而且他还想这样逃走。"瓦斯特拉说，"不过，如果当局正在围捕他，他升空后就可以立刻追踪到他的引擎信号了。"

还有一幅画面显示的是，她们三个正在书房里围着一块屏幕。克拉拉检查了摄像头可能所在的位置，却什么都没发现。大概是隐藏得太好了。其他的画面里则显示着很多空屋，显然都是无人使用的。最后，米尔顿出现在了画面上，还有那颗玻璃球体，黑色的愤怒烟雾正在里面不断地旋转。米尔顿检查了连接着玻璃球的管道，又调整了一下空气阀，十分满意地点了点头。

"你知道那是什么地方吗？"瓦斯特拉问。

"是藏书室。"克拉拉回答，"这边。"

她们快步穿过这座大宅时，珍妮问："我们能够阻止他释放出那团东西吗？"

"他说，释放烟雾的机械装置是远程控制的。"克拉拉回答，"他现在只是在检查设置。我觉得他会从别的某个地方启动。他希望自己能躲在飞船里安全地远离烟雾——所以，很可能是在飞船上操作。"

"那我们还是有可能成功阻止他的。"瓦斯特拉说。

她们三个冲进藏书室时,米尔顿还在检查那两把高背扶手椅之间的玻璃球体。抬头见到三位女士进来,他先是惊讶,随后又露出了亲切的笑容表示欢迎。

"来得正好。"他对她们说,"再晚几分钟,你们就只能看到空空的容器了,因为那时我已经把这些烟雾都释放进伦敦城了。"

"我们不会让你这么做的。"瓦斯特拉说。

"游戏结束了。"克拉拉补充道,"我一直都想这么说,所以我要再说一遍——游戏结束了[1]。我知道你不可能身处此处就释放烟雾,你告诉过我们这一点,这是你的失误。"

"而且你哪儿也去不了。"珍妮说。

米尔顿皱起眉头,"真是烦死了。"他低声说着,伸手去掏自己的口袋。

"你的那把枪,放在书桌上了。"克拉拉对他说。

"谢谢提醒,不过我是在找这个。"米尔顿拿出了一只怀表,飞快地看了一下又揣了回去,"我赶时间。好几个有意向的买家都在等着通过远距离传感器看烟雾释放的效果。"他拍了拍玻璃球。

---

1. 此处的原文"The game is up"出自莎士比亚名剧《辛白林》里的一句台词。

"他们会很失望的。"瓦斯特拉说。

米尔顿没理她,"传感器的信息传输或许已经惊动了当局,我的大概位置可能已经暴露了。虽然他们并没有具体坐标,但这几天我确实要小心一点。"接着,他像是忽然想起了什么趣事一样,"你知道吗?'影子宣言'给我安排了缺席审判。显然下次他们一见到我,就会把我当场处决。所以,很抱歉,我还有更重要的事情要做,你们就继续在这儿做白日梦吧。"

"你无处可去。"珍妮说着握紧拳头,摆出了格斗的架势。

"我就当你是语无伦次了吧。"米尔顿说,"恕我不能奉陪。"他拿起了旁边桌上的一叠文件,克拉拉发现文件上满是手写的文字和图画,"你们不知道这些笔记的价值,其中一些内容足以改变现代战争的本质。等我离开这个糟糕的世界,摆脱了这些落后的人类——也包括眼前的你们三位,我就会去将这些计划付诸实践。所以请原谅,我要走了。"

他正说着,两个人影突然从他们之间的高背扶手椅上站了起来。之前高高的椅背把他们都遮住了。其中一个是西卢埃特,克拉拉惊讶地发现,另一个年轻人也是她认识的。

"奥斯瓦德?"

"啊,天啊。"奥斯瓦德说,"这就有点尴尬了,其实我并不是奥斯瓦德。"

"什么?"

克拉拉惊讶地看到,他的脸部特征开始模糊变化。他的脸变圆了,黑色的头发也变成了乱糟糟的金发。

"当然,我也不是吉姆。"那人说。他的脸开始再次变化,各种特征都消失了,又变出了不同的形状——一张蜥蜴人的脸,像极了瓦斯特拉,"我也不是费斯汀。"

随后,那人突然没有了容貌,只剩下一张空洞的脸孔,眼睛、鼻子和嘴巴都只有最基本的形状,"我是所有人,同时又不是任何人。我是安菲尼提。"

"是的,"珍妮说,"我们之前已经见过你的戏法。但不管你是谁,都阻止不了我们。"

"这话可不太对。"米尔顿说,"是你们阻止不了我。"

他朝她们大步走了过来,安菲尼提和西卢埃特恭敬地朝两边让开。瓦斯特拉、珍妮和克拉拉站到一起挡住了他的去路。当米尔顿靠近她们的时候,西卢埃特张开手臂,伸直了手指。

这时,有什么东西狠狠地撞上了克拉拉的后背。她皱了皱眉,下意识地转身去看。但身后并没有人。她旁边的珍妮和瓦斯特拉也接连惊讶地痛叫出声。克拉拉的眼角看到有东西在动。她又一转身,恰好看到一本书从近旁的书架上飞了出来。书从房间里飞过,封面像翅膀一样扑扇着,径直冲向克拉拉。她打中了那本书,但书却没有掉下来——而是像愤怒的鸟儿一样再次扑向她。

更多的书飞了过来,绕着克拉拉、珍妮和瓦斯特拉盘旋。旋涡一样的书本不断地攻击着她们。她看见瓦斯特拉抓住空中的一本书一把撕成两半,书掉在地上,静止了一会儿,随后书页又从被撕坏的装订线上挣脱下来,飞向空中再次瞄准瓦斯特拉的脸。克拉拉透过暴风雪般的纸片,看见米尔顿正快步离开房间,她想喊叫,但是大片大片的书页堵住了她的嘴。

珍妮的双手忙乱地在空中挥舞,阻挡那些不断袭来的书本,把它们击到一边。而克拉拉唯一能做的就是站好,不让书本和纸片击中自己的脸。

"快阻止她!"瓦斯特拉在书页拍打的噪音中喊道,"你必须去阻止她,珍妮!"

珍妮努力地前进,穿过暴风雪般的纸片、布条、皮革,朝西卢埃特所在的位置走去。她终于靠近了对方,于是竭尽全力地往前一冲,把她撞倒在地。但是,情况并没有好转,书本依然不停地从架子上飞来袭击珍妮。

"项链!"克拉拉喊道,"拿走她的项链!"

她不知道这有没有用,但这是她唯一能想到的办法了。就像瞥见了老电影中闪动的画面一样,她透过飞行的书页,看到珍妮把手伸向西卢埃特脖子上的水晶,用力抓住一扯,然后把它扔到了房间的另一头。

但是,依然没有发生任何变化,书还在不断飞舞冲撞。水晶就在距离克拉拉不远的地方发出咔嗒咔嗒的声音，同时反射着外界的光。克拉拉猛地一发力，推开身前的书本，背对它们从这片风暴中跑了出去。仅需三步——她当然可以努力往前三步，但这却好像耗费了无限长的时间。她终于看到水晶就在脚下，自己的脸在猩红的水晶上映出了多重影像，正回望着她。

她狠狠地用靴跟踩向水晶。

水晶碎了，鲜红的碎片飞散在地上。

陡然间，所有的噪音和混乱全都停止了。书本也全都掉在了地上。珍妮慢慢站了起来。

西卢埃特也挣扎着站了起来，她望着地板上的一片狼藉，"我都干了什么？"她的声音很低，宛若耳语。

"你干的还不够多。"面孔空洞的人说着冲向了西卢埃特。

就在那一霎，珍妮挡在了他们之间，然后一把抓住安菲尼提。安菲尼提则掐住了珍妮的脖子，他伸手的时候闪过了一道红色。瓦斯特拉和克拉拉赶快冲上去帮忙。克拉拉抓住了他的手，往后一拽，硬是把戒指从他手指上摘了下来，然后扔在地上踩烂。

效果立竿见影，安菲尼提无力地放开了珍妮。他的脸也渐渐变圆，成了嘉年华上那位曾经向观众介绍蜥蜴夫人瓦斯特拉的主持人。很快，他又变成了费斯汀，然后是吉姆。最终，又变成了奥斯瓦德。他惊诧迷惑地看了看周围，一切面部特征又慢慢消失了，变成一张空洞的脸孔。

"我的头。"他慢慢说,"我……可以思考了。"

"我们脱离他的控制了。"西卢埃特说着,拥抱了安菲尼提。接着她走过来,对克拉拉、瓦斯特拉和珍妮说:"谢谢你们。"

"先别急着道谢。"克拉拉说,"我们得去阻止米尔顿。"

"他去了飞船那里。"西卢埃特说,"这边。"

但是,她还来不及行动,屋子的另一边就突然传来一阵嘶嘶声——是气体喷出的声音。玻璃球中的黑色烟雾开始旋转翻滚,他们眼看着它变得越来越稀薄。随后,玻璃球体渐渐变得透明了,最后变成空荡荡的一片。

"太晚了!"克拉拉意识到,"他已经释放了烟雾!"

"那该怎样阻止那团烟雾扩散呢?"瓦斯特拉问。

西卢埃特和安菲尼提互相看了看。"阻止不了的。"安菲尼提回答道。

"米尔顿也许有办法。"西卢埃特建议道。

"那就带我们去找他。"珍妮说。

米尔顿藏飞船的地下室入口就在楼梯下面。那扇普通的木门看起来仿佛是通往储藏室的。

"有楼梯下去。"安菲尼提说。

但是,当他们打开木门的时候,却看到一道金属卷帘门把路封得死死的,根本就没办法打开。

克拉拉沮丧地用力敲打那道门,"被封死了。怎么办?"

西卢埃特和安菲尼提也都无计可施。"所有的东西都是从书房控制的。"西卢埃特说。

"平板电脑。"克拉拉说,"值得一试。"

一团黑色的云像烟一样从房子的烟囱里冒了出来。它在天空中越来越稀薄,飘散在伦敦的上空,慢慢地混入了空气中。

几条街外,一只狗愤怒地吠叫起来,近旁的一个行人觉得自己对此相当介意。一家商店的店主被犹豫不决的客人惹得心烦意乱,愤怒之情开始激化。

空气中弥漫着明显的紧张气氛。大家的表情从微笑变成了皱眉,好意和容忍都消失了,大家甚至都没感觉到有任何的变化。脾气最好的人也开始生气,最亲切的人也开始愤怒咆哮。争论变成了叫骂,最终又变成了打斗和流血事件。

这种情况开始从米尔顿房子的周围慢慢扩散开去,大家都被愤怒的情绪控制了。愤怒破坏了他们的判断力。

瓦斯特拉在屏幕上操作着,西卢埃特和安菲尼提则站在离他们稍远处。

"那么多死亡。"西卢埃特悲伤地喃喃道,"那么多痛苦。"

安菲尼提的脸上依然一片空洞,但是声音却有了情绪,是懊悔且悲伤的情绪,"那不是我们的错。"

"我们应该反抗他的。"

"我们反抗了。我们曾努力地反抗,记得吗?"

西卢埃特点点头,"我记得,每件事我都记得。"

瓦斯特拉朝屏幕恼怒地叹了口气,"没用。数据都没有了,被他远程删除了。"

就在她说话的同时,屏幕闪了闪,跳出一幅画面。米尔顿正从屏幕上看着他们,身后是飞船内部紧凑的操作台。

"你们太天真了,真以为我会任由你们来阻止我吗?"他的声音从设备里清晰地传了出来,"我本可以提议带你们一起走的,但是你们也看到了,我这里空间有限,而你们所剩的时间也不多了。"

"你绝对逃不掉!"克拉拉说。

"你说话一直这么夸张吗?"米尔顿说,"真是可悲,跟之前一样的错误。你身后是安菲尼提和西卢埃特吗?"他轻轻摆了摆手,"很不幸,你们也会被烟雾影响。我估计很快了。你们就在风暴的中心,在它遍及整座伦敦城之前,可能还有一点儿时间。"

西卢埃特靠近屏幕。"你逼迫我们做了那么多残忍的事情。"她说。

米尔顿一脸同情地笑了笑,"亲爱的,我把你变成了一件武器。武器本来就应该做残忍的事。武器就是这个用处啊。"

"但让你的武器背叛你自己可是很不明智的。"

"谢谢,我认为我在这里很安全。其实,你们还可以再帮我做一件事。"他往前凑了凑,"让这个屏幕一直开着吧。这样一来,等你们被烟雾影响之后,我就能看着你们。我想看你们在愤怒中互相残杀。"

"博士会阻止你的。"克拉拉说。她尽量语气肯定,但是从米尔顿愉快的反应来看,她装得不太像。

"我正在密切关注烟雾扩散的情况。"他说,"所以说,如果博士要阻止我,我会掌握到情况的,但我严重怀疑他是否做得到。祝他好运吧。不过,这当然不是我的真心话。"

"关掉屏幕。"克拉拉说。

瓦斯特拉往上面一抹,屏幕就变黑了。米尔顿的笑声又持续了片刻,然后彻底消失。

"这人真让我特别愤怒。"珍妮说,她双手紧紧地握成了拳头。

"希望你仅仅是因为他而愤怒。"瓦斯特拉说,"我们还有多长时间?"

"没多少了。"安菲尼提说。

"那我们赶快想办法吧。"克拉拉对大家说,"就让博士去处理那团烟雾,希望他能处理好。我们去找米尔顿。"

"但要怎么找呢？"珍妮说。

"西卢埃特说了，我们有武器。"克拉拉朝西卢埃特和安菲尼提点点头，"我们便来想想该如何使用吧。"

19

小贝蒂·奈史密斯因为表现不好被批评了，但是，她没有像往常一样低头小声道歉，而是狠狠地扇了保姆一巴掌。

在同一条街拐角处的酒馆里，一位向来安静的常客突然朝着女服务员大吼："马上就来是几个意思？！"

不远处，有个男孩儿不小心撞到了一位老太太，他说了句对不起，但对方却用拐杖抽打了他的后背。

全城的情绪都处于一触即发的状态，大家随时随地都可能爆发。

正当伦敦的其他地方慢慢陷入愤怒、仇恨、几近暴力的状态时，有一小片区域却幸免于难。米尔顿看着地图上覆盖全市的情绪指标，皱起了眉头。没道理啊，愤怒烟雾为什么在那片区域不起作用？

他将画面放大，显示出了更多细节。画面变得清晰多了，但也更令他烦恼了。

"博士？"他不禁大声叫了出来。但是博士到底干了什么，竟能让珍奇嘉年华那片区域不受烟雾的影响？

随着画面缩放，他看到另一个标记出现在地图上——就在不受影响的那片区域旁边。米尔顿皱起的眉头变成了微笑，他满意地点了点头。虽然博士确实在那儿，但不管他在做什么，都持续不了多久。因为，安帕斯找到他了。

一团黑烟慢慢渗入伦敦城的薄雾之中，就像是雪地上反射出了脏兮兮的光。随着表演进行，博士看见黑雾不断旋转，越变越浓。

嘉年华守门的年轻人事先收到一大把硬币，于是所有人都可以免费入场。另外，他还收了一张钞票，所以他卖力地吆喝着入场免费，还告诉人们，难得一见的表演即将开场。

大家的好奇心被挑动了起来，于是聚集到了平时大力士和杂耍演员表演的场地上。绝不能让他们失望，博士知道，必须让他们又惊喜又欢喜，反正是要让他们产生各种与"喜"有关的正面情绪。

他们开了个好头。表演完几个精彩的戏法之后，就是让人无比惊讶的杂技表演了。博士没有给出特别要求，只是告诉每一位演出者一定要拿出自己的最高水平，否则所有人都可能小命不保。博士觉得自己并没有表演天赋，至少这次重生后是没有的。但是，他还是努力地鼓动大家，让他们全情投入。

其他人听见这边惊喜激动的叫声也都围了过来,观众越来越多。斯塔克斯很受欢迎,大家不太清楚他究竟是什么——是货真价实的大力士,还是小丑?他拿炮弹玩杂耍的时候,还威胁观众说要把发笑的人都消灭掉,观众们不禁又是鼓掌又是惊叫。

人群上空的黑雾越来越浓稠了,它似乎瞄准了这座愤怒而混乱的城市中那么一小块的快乐和善意。观众们再一次鼓掌欢笑,而博士知道,时机是一切的关键。他看见安帕斯的身影渐渐靠近,然后又看了看空中,也不知道究竟是不是他的错觉,那团烟雾看上去像是一只随时准备扑向他的巨爪。

博士朝斯塔克斯点了点头,用口型示意"继续表演",然后就来到了人群边上,等着安帕斯出现。

代表安帕斯的那个标记现在已经来到了不受烟雾影响的区域中心。马上就好了,米尔顿心想。安帕斯会处理掉博士的,然后烟雾就会发挥最大的作用。他检查了其他区域,很满意地发现好几个酒馆里都开始了打斗,被派去平息骚乱的警察甚至也加入其中。再过一两个小时,全市就会一片混乱了。

通信系统上忽然传来铃声,米尔顿有些惊讶,也许是博士的朋友来求饶了吧。好啊,他心想,就看看他们要说什么吧。他喜欢人家向他求饶,尤其是求了也没用的时候。

博士那位年轻的朋友克拉拉出现在了屏幕上,看来是求饶无疑了。米尔顿还能看到蜥蜴女人和她的女仆站在后面。但是，却没看到西卢埃特和安菲尼提的踪影，他们多半是在别处吧，或者，他们也许已经受到影响，自相残杀而死了。这倒也挺不错。

"拜托了。"克拉拉说，"你一定要停下来，情况已经失控了。"

"事实上，失控才是重点。"米尔顿回答，"还有别的事情吗？"

"但是，不断有人正在死去，你难道就一点儿也不关心吗？"

"确实不怎么关心。"米尔顿往后靠在自己的驾驶座位上，"你们大概正在想方设法打开安全门到我这里来。我确实看到系统记录了一次钝器打击和一次很低级的门锁软件入侵。"

"试试又怎么样呢？"珍妮说。

"嗯，不怎么样。我鼓励尝试。"他拍了拍手表示鼓励，"但你们还是没法儿接近我，也不可能阻止那些烟雾。所以……"

他忽然不说话了。奇怪，又来了一条消息。

"抱歉，"米尔顿说，"你们可能要先等一会儿。祝你们玩得开心。"

他切换了频道。一开始，他以为这是从藏书室发来的次级通信，但屏幕上出现的人却完全出乎他的意料。米尔顿猛地感到一阵寒意。他们找到他了——但他们怎么会找到他呢？

"你知道我是谁吗？"屏幕上那面色苍白的人说。

"当然，你是'影子宣言'的高级代理人。"米尔顿努力表现得镇定一点，"很抱歉上次的谈话匆忙结束了，但你也记得，当时我急着在你判我当场处决之前逃走。"

高级代理人笑了笑，"那次逃跑对你我来说都有好处。我们一直密切关注着你的动向。"

"你们知道我在哪里？"

"那是当然。我们几个星期前就发现你了。"

"那你们为什么没有……"

"没有逮捕你？没有处决你？因为你的发明很有启发性。尤其是最后这个实验，那遍布伦敦的烟雾，非常有趣。"

米尔顿非常惊讶，"有趣？'影子宣言'竟会认为这有趣？"

"如果任何一种情绪都可以浓缩后以烟雾的形式传播，那么，这也许可以……怎么说呢？也许可以在危急关头让人群镇定下来，确保大家都冷静理智。当然，我知道你现在展示的是完全相反的效果，但我认为它的原理是没错的，不是吗？"

"呃，对。"米尔顿赶紧回答，"当然没错。很抱歉，"随后他又说，"但我是否可以认为，'影子宣言'愿意和我达成某种共识？我记得，此前你们确实判我死刑了。"

"影子宣言"的高级代理人挥了挥手，"得了吧，之前都是误会，我早就抛在脑后了。判决已经撤回，至少也是缓期执行了。"

"缓期执行，我懂了。那么，我要做什么才能永久撤销这个判决呢？希望你不会要求我收回那些已经吞噬伦敦的烟雾，因为我也没有办法，现在已经来不及了。"

高级代理人点了点头，"我们也是这么认为的。显然这件武器还有可以改进的地方。"

"对，这个项目还有很多不完善的地方。"米尔顿表示同意。

"我们的提议很简单：你来为我们工作，改进并完成你的装置，还可以在'影子宣言'的赞助下完成其他武器的开发。我们会为你提供保护，同时还会免除你过去所有的罪责。"

"包括你们尚不知道的那些？"米尔顿问。

"还有我们不知道的吗？"

"就当我没问过吧。"米尔顿笑了笑。这比他预计的好得多。这么看来，"影子宣言"在正义的外表之下，其实也是非常残酷的。他转身从靠近控制台的地方拿起一堆笔记，"关于大规模人口控制，我有好几个构想，都有助于维持正义，如果我们可以这样说的话。"

"影子宣言"的高级代理人看着米尔顿挥舞的那一堆稿纸，然后笑了笑，"你完全明白了我的意思。"

安帕斯越往人群里走，周围的情绪就愈有力地冲击着他。当他最终来到博士面前时，内心已十分迷惘混乱。博士——他之前是在寻找博士，现在博士就在眼前。但是，为什么呢？他隐约觉得自己应该对博士满心愤怒。但是，他内心那些本该爆发出来的愤怒现在被埋在了情绪的最底层，他穿过人群时吸收了太多的其他情绪。

博士抓住安帕斯的手，把他拉进了表演场地。他没注意到博士把他中指上的戒指顺走了，也没看到那红色的水晶经博士用音速起子发光的那头一点就裂开，然后变成了碎片。他周围所有的人都在笑，都在鼓掌，大家都十分开心。杂耍艺人、杂技演员、小丑、大力士，每个人都洋溢着欢乐，大家都十分逗趣。

"你感觉到了吗？"博士得大声喊出来才能盖过观众的叫好声。

他身后的吞火者从嘴里吐出火焰，把串在剑尖上的棉花糖烤制了一番。随后，他的助手将棉花糖递给了站在旁边的小男孩。

"你能感觉到这种激动、欢乐的情绪吗？你能感受到今夜的爱吗[1]？"博士皱起了眉头，"等一下，不对。嗯，或许也可以这么说吧。"

快乐的情绪进入了内心，安帕斯笑了起来，像个小孩儿一样惊喜地看着周围。"真是太精彩了。"他说。

"一位快乐的送葬人。"博士笑了起来，"这可是很稀罕的。"

天空越来越暗，一片乌云从嘉年华上空飘了过去。安帕斯看

---

1. 此句原文是"Can you feel the love tonight？"，这是英国国宝级歌手艾尔顿·约翰爵士为《狮子王》创作的插曲，其经典的词曲享誉全球。

着那团烟雾一般的黑色阴影,似乎正在人群的上空蓄势待发。

"那是什么?"安帕斯指着上面。很多人都指着那团黑雾,它正在缓缓下降。

"啊,那个啊。"博士说,"我正想让你帮帮忙呢。来,深呼吸。"

"什么?"

"深呼吸,继续。当然不是真正的呼吸,而是尽最大可能吸入尽可能多的正面情绪。把这些欢快、开心、高兴的情绪都吸进去,还有这些自信、感激和愉悦,所有这些非常喜悦、幸福和欢欣鼓舞的情绪。毕竟,这是你的世界——记得吗?你还记得自己曾经是谁吗?一定要记住你是谁。继续,开始吧。"

黑雾更低了。安帕斯吸入了周围的气氛,他觉得自己充满了正面的情绪,高兴得飘飘然。他名叫大卫·卢瑟福,是珍奇嘉年华的成员,和各位演员、他的朋友们一起给大家带来喜悦和欢笑……

突然间,周围一黑。那团烟雾像瀑布一样扑向了博士和站在旁边的安帕斯。冰冷、潮湿、憎恶的感觉顿时占据了全部的思绪。在这浓重的烟雾之下,有人在某处发出了一声尖叫。

"就是现在,"博士凑近安帕斯的耳边说,"把它放出去,就像你把愤怒释放到米尔顿的玻璃球里一样,把观众们愉快的情绪全部吐出来。马上!"。

安帕斯把刚才的情绪全都释放了出来，那是很大的一片情绪。然后，被压抑的尖叫变成了欢呼声，观众们以为自己在欣赏最后一个表演。安帕斯听见博士在说话，但没听清他到底在说什么，不过应该是称赞的话。他感觉博士在一直鼓励他、赞扬他，因为他驱散净化了那团黑雾。

正面情绪的影响在空中扩散，像波浪一样穿过愤怒和绝望的烟雾，把它渐渐净化。烟雾渐渐变淡变薄，然后慢慢消散——愤怒的情绪被观众那高度集中的欢快和喜悦抵消了。

人们看到空气被净化干净，止不住地鼓掌。太阳终于透过雾气中的空洞照了下来，像聚光灯一样照着珍奇嘉年华的表演场地。演员们都站在场地中心，欢笑不已的观众们正看着他们。

"干得好。"博士也在笑，"真的——干得非常好。"

安帕斯——大卫——也在笑。他摘下帽子鞠了一躬。博士抓住帽子后面那根长长的黑色绸布，把它解开，然后扯了下来。当大卫再戴上帽子时，他的头就不会被黑布遮住了。

他不再是送葬人了，而是嘉年华表演的主持人。他高举双手示意大家安静，于是，人们都期待地等着。

"下一个表演……"他说道。

20

她们离开米尔顿的书房去往藏书室。克拉拉和珍妮站在窗边,窗帘被拉开了,百叶窗也开着。瓦斯特拉正小声跟安菲尼提和西卢埃特说话,西卢埃特已经打开了空玻璃球旁边的一台小显示器。

"外面的空气已经干净了。"克拉拉看着天空,"没那么黑了。"

瓦斯特拉操作着显示器,"没错,米尔顿用这个校准器追踪烟雾的扩散情况。那团烟雾已经消散了。"

"博士做到了。"珍妮兴奋地说,"嗯,也不算意料之外。"她又略微平静地补充道。

"所以,我们专心对付米尔顿就好。"瓦斯特拉说,"我把书房端口的通信通道重设到了这里,应该很快就能收到他的消息了。"

"看他这次还能不能那么得意。"克拉拉说。

片刻后,米尔顿的脸出现在了屏幕上,他看起来心情确实还不错，至少不沮丧。

"恭喜各位。"他说，"看来是我低估了博士。"

"你不是第一个犯这种错误的人。"瓦斯特拉说。

"大概也不是最后一个。但是，我们都应该从错误中汲取教训。等我分析了观测数据后，就能排除武器中那些容易被博士利用的缺陷了。"

"是吗？"克拉拉说，"你被困在了下面，还以为自己能像没事儿人一样继续制造武器吗？"

"那你说我该怎么办，亲爱的？"

"首先，你要是珍惜自己的膝盖骨的话，就不要叫我'亲爱的'。"克拉拉回答，"其次，我觉得你最好马上投降。"

"投降？"米尔顿似乎考虑了一下，"抱歉，不行。我不喜欢投降，真的。在我看来，你们太高估自己的这点儿小胜利了。"

"你现在像只老鼠一样困在自己的地下室里。"珍妮说，"你所谓的武器都已经消失了。那你说说看，我们究竟哪里高估了。"

"你要是一直躲在地下室的话，终究是会饿死的。"瓦斯特拉说，"要是乘飞船离开的话，'影子宣言'就会立即识别出你的引擎信号。我想，他们肯定早就追踪到你了，而且还在这一带部署了军队，否则你肯定早就跑了。对不对？还是马上投降吧，博士也会替你说点儿好话。"

"说点儿好话？"米尔顿反问，"你的意思是，请求减刑，从死刑改判无期徒刑？嗯……"他若有所思地理了理胡子，"不，听起来就不太好。何况，对方给我开出了更好的条件。请原谅，我要走了。"

"更好的条件？"瓦斯特拉问道，"什么更好的条件？"

"还有别人想要这件恐怖的武器吗？"克拉拉问。

"抱歉，我该早点儿说的。可是，我这人一向不爱炫耀。其实之前我已经和'影子宣言'的高级代理人接触过了，他给出的条件是完全豁免，免受任何处罚。而且'影子宣言'希望我替他们完善这件恐怖的武器。"

"博士总会给人最后一次机会。"克拉拉说，"现在就是你最后的机会。放弃武器，从地下室里出来，我们可以帮你找到别的赚钱门路，或者其他你想做的事情。"

"恐怕这条件还不够诱人。如果你没什么事的话，那我就先告辞了，再见。哦，其实不会再见了。你们也知道，这件事情之后，我是不能留你们活着的。这大概是我的自尊心在作怪吧。"

"你这是什么意思？"瓦斯特拉问。

"嗯，一方面是自尊心，另一方面是我讨厌有人赢了我。"米尔顿没理会瓦斯特拉，自顾自说了下去，"所以，博士和你们所有人都得死。我升空到安全位置后，就会发射限距导弹[1]摧毁

---

1. 神秘博士宇宙中许多种族都会使用的导弹，能够在几秒内杀死爆炸区域附近的所有生物。

这一区域。"

"你要毁灭伦敦?"克拉拉万分惊恐。

"其实是整个不列颠南部[1]。很抱歉,但总而言之,我必须走了。你们可以互相告别一下。真想亲口跟你们说不用谢。"

然后,屏幕就关掉了。

起飞前的检查已经完毕。电脑进入了最后的启动程序,米尔顿翻阅着自己的笔记。毫无疑问,里面有些内容绝对会让"影子宣言"满意。他把笔记收好,放在面前的控制台上。飞船慢慢地沿着轴线启动,驶向缓坡,来到了发射坡道上。

发射坡道隐藏在马车房里,旁边马厩里的马可能会被吓一大跳。不过,防冲击护盾可以确保它们安全——至少在发射导弹之前是安全的。太遗憾了,米尔顿心想,虽然是被迫停留,但他其实还挺喜欢这里的。不过话说回来,这座城市本就一片狼藉。如果把它和周边乡村全部炸平的话,这里的原始人说不定可以把这地方重建得更好。所以长远看来,他也许是在做好事。

他检查了安全带,确保它在飞船后倾时能保持牢固。很快,随着飞船尾部猛地一推,米尔顿便紧紧地靠在了椅背上,飞船沿着斜坡飞了起来。他的笔记则从控制台上掉了下来,散落一地。

---

1. 包括大伦敦地区、西南英格兰、东南英格兰和东英格兰。

飞船冲出了马车房,木门被撞成碎片四散飞溅。船尾喷射出烟雾和火焰,这架小型飞行器快速地穿过雾蒙蒙的空气和云层,冲向了天空。

克拉拉从窗户往外看。

"他走了。"她说。

"你不必为接下来的事感到难过。"西卢埃特轻轻拍了拍克拉拉的肩膀安慰道,"他本来是有机会的。尽管这个人很有魅力,但他本质上是个嗜虐的杀人狂。"

"他会发射导弹吗?"珍妮问。

"没时间的。"瓦斯特拉回答。

"希望如此吧。"克拉拉小声说。

飞船到达大气层外侧后,重力减小了很多,米尔顿迅速地检查了飞船的所有设备。

"一切系统在线,运转正常。"飞船用低沉的女声报告道。米尔顿从上百个系统音中特意挑选了这一个。

"总算只剩我们两个了。"米尔顿说。

"还有德克塞勒级智能鱼雷,正从九号区域快速接近。"电脑继续报告。

"什么?显示出来!"米尔顿看着主显示器。他忧心又难以置信地皱着眉头，确实有两个很小的光点正在靠近代表他飞船的标记。

"分析确认鱼雷属于'影子宣言'部署的标准智能武器。五十七秒后撞击。建议撤退。"

米尔顿切换到了手动控制。因为电脑行为是可预测的，鱼雷会预计到它的标准反应，包括躲避方法和反制措施。

"看来'影子宣言'里还有人没接到消息啊。"他说着让飞船拐了个大弯，"打开'影子宣言'高级代理人的通信频道，通过他先前联系我的通信节点呼叫他。"

一块小屏幕显示着鱼雷撞击的倒计时，米尔顿同时还注意着通信系统连接。当他让飞船转弯躲避时，倒计时正停留在五十秒。如果可以一直躲闪，鱼雷会比他更快耗尽燃料。然而，这样做要花费很长时间，而且精力必须高度集中。

"连接已建立。"

主屏幕闪了闪，"影子宣言"的高级代理人出现在画面上。他愉快地笑着，"有什么事吗，奥勒斯特？"

"请撤销追踪我的那两枚鱼雷。"米尔顿一边说，一边控制着飞船远远躲开不断靠近的鱼雷。

代理人的笑容里充满了同情，"很抱歉，我不能帮你。"

"给我控制访问代码就好，我可以自己关闭鱼雷。"米尔顿说，"鱼雷都有标准协议，你肯定知道的。"

一枚鱼雷擦着船身飞过，飞船剧烈地颠簸起来。随后，鱼雷立即掉头重新朝飞船飞来。

"抱歉，我不知道你说的是什么代码。"

"你肯定知道！"

"事实上，我完全不懂你在说什么。"

"什么？"米尔顿觉得他很难一边集中精力控制飞船，一边听最高代理人说话，"是标准代码。"他必须大声喊话才能盖过船舱里的警报声，"'影子宣言'所有高级官员都知道的——你肯定也知道。"

"啊，我觉得这就是问题所在。"那人又露出了同情的微笑，并点了点头，"你以为我是谁？"

米尔顿让飞船迅速往下一沉，一枚鱼雷从他上方飞过。"你是'影子宣言'的高级代理人。"他咬牙切齿地说。但是，在他说出这句话的同时，内心忽然生出一个可怕的怀疑，"难道……"他难以置信地看着屏幕。

屏幕上高级代理人的脸一片苍白，面部特征开始模糊，随后闪烁着变成了一张空洞的脸，既无表情也无特征。

"安菲尼提？"

"你还记得我，真是受宠若惊。"安菲尼提说，"你本来应该早点认出我才对。你真觉得会有人原谅你吗？"

"我见到了想见的人——见到了需要见的人，"米尔顿明白了,"也听见了想听的话。"屏幕上的那张脸虽然一片空洞,但不知为何,却又像是在对他微笑,"我想这就是'工作状态如预期'吧。"

米尔顿将注意力从显示器移开,及时躲开一枚鱼雷。现在必须集中精力,他可以坚持过去的。他强迫自己朝着显示器上的安菲尼提笑了笑。

"请原谅,我现在很忙。虽然脱不开身,但是等我摆脱了这些鱼雷,就立刻朝你们发射我的导弹。现在,还请原谅,我必须集中精力,希望你已经炫耀完了。"

他伸手去关通信连接。

"我没有炫耀。"安菲尼提平静地说,"我只是想继续和你说话。我想让我们和你的飞船一直保持通信连接。"屏幕关闭了,安菲尼提的声音也消失了。米尔顿听见的最后一句话是:"西卢埃特向你告别。"

现在,他又是一个人了。他加速超过了其中一枚鱼雷,又俯冲着躲过另一枚鱼雷。他可以的。鱼雷越来越近,他看了看倒计时:

撞击倒计时:*23秒*

他刚才走神了。必须集中精力,能够逃脱的。

"我想让我们和你的飞船一直保持通信连接……"安菲尼提

说这句话是什么意思？

不管了，以后再想。现在要集中精力。

"西卢埃特向你告别。"

集中精力。

西卢埃特？不。拜托，不要。

米尔顿冒险地往地上看了一眼，他的笔记稿纸本来是散落在地上的。但是，现在只有一张纸靠近驾驶座位——那其他的都去了哪里呢？他控制着飞船往旁边一转。

撞击倒计时：17秒

他再次冒险往下看。那张纸动了起来，仿佛是被风吹动了。他看见自己所写的文字开始分解，模糊一片，然后扩散开来。墨水仿佛在移动，它们在纸上浮动着，构成了一个词。

撞击倒计时：13秒

他俯身凑近去看，那个词变得清晰了：

抱歉。

集中精力。别管它。

撞击倒计时：10秒

两枚鱼雷从两个不同的方向靠近。就是这样——这就是他的机会。抓住时机，在正确的时刻加速飞走，两枚鱼雷就会错过飞船撞在一起。这样问题就解决了。

撞击倒计时：7秒

在倒计时三秒的时候加速，米尔顿计算着时间。他抓住了主加速器的控制器。

撞击倒计时：4秒

暴风雪般的纸片席卷了整个船舱。一大群折纸小鸟拍打着翅膀开始抓他的脸，用身体尖尖的边缘刺进了他的皮肤，还钉他的眼睛。整个世界都成了一片旋转的白色。有个锋利的东西割破了他的手，米尔顿大叫一声把手缩了回去。他双手拍打着这些纸鸟，气得大喊大叫。一只鸟飞到他眼前，他认出了这张纸——因为在它的翅膀和身体部位写满了他的字迹。他愤怒地把纸鸟拍开。总之,他总算清空了眼前这片区域,虽然只有那么一瞬间。

但是,他足以看清屏幕:

撞击倒计时:1秒

随后,他的世界在一片火光中爆炸了。

一大团火焰竟在太空中剧烈地燃烧了好一阵子,耗尽了飞船里溢出的所有氧气。然后,火球终于向内坍塌了。飞船破碎的残骸旋转着,消失在黑暗的太空深处。

在这些残骸中间,一只纸鸟徒劳地扇了扇翅膀飘向远处,被永恒的黑夜所吞没。

21

嘉年华上空的云层散开了,现在到处一片晴朗。就连伦敦的迷雾也没有马上重新占据傍晚的天空。表演主持人安帕斯高高举起了双手,他头顶的天空突然爆发出一片色彩。红黄橙色的烟火在观众上空绚丽地绽放。

大家不停地欢呼鼓掌,惊叹不已。空气仿佛都在闪闪发光,闪耀的光芒四处折射着,最终又完全消失了……

在烟火表演结束后,掌声依然经久不息。

"我想,'影子宣言'最终还是抓住了我们的朋友米尔顿。"博士对斯塔克斯说,"我之前看到他的飞船升空了。"

"是一艘快艇级的侦察飞船。"斯塔克斯说,"很灵活,但是没有防御武器,而且应急措施也少得可怜。"

"看来已经得到了证明。"博士表示同意。斯塔克斯皱了皱眉,"但是这个系统我倒真是不懂。"他指了指天空,火光已经褪去,烟雾缓慢地翻滚着,充满了整个上空,"德克塞勒级智能鱼雷释放能量的模式真是非常独特。"

博士收起了笑脸，"斯塔克斯，你啊，能把一切美丽的东西说得索然无味。"

"战争是很有美感的，博士。"

"关于这点，我们意见不同。"

他们安静地站了一会儿，观看杂技演员表演。安帕斯——应该说现在又是大卫了——正发动着观众一起鼓掌。

"你必须承认，"博士说，"人类确实有各种天赋和潜能。"但没有人回答，"你不觉得吗？"

斯塔克斯嘟哝着说："最近，我确实发现有一样人类精心制作的东西非常不错，就在这个娱乐中心发现的。"

"是吗？"博士扬起了眉毛，"能详细说说吗？"

"当然。那个东西可以从售货的摊位上买到。"他带着博士穿过人群，来到霜雪集市，"我想，它的名字应该是太妃苹果糖[1]。"

"非常不幸的是，"博士对克拉拉说，"斯塔克斯不知道太妃苹果糖是用来吃的，他以为是扔出去打人用的。"

他们整个晚上都在主祷文街度过，安菲尼提和西卢埃特也在。但博士已经要急着返回塔迪斯了。克拉拉知道，不可能说服

---

[1] 一种把苹果插上竹签、裹上糖浆的甜食，是西方万圣节的一种传统食品。

他留在维多利亚时代的伦敦轻松地玩上几天。她明白博士那种着急离开的神情,但还是坚持要好好跟大家告别,不能像博士说的那样偷偷溜走。

瓦斯特拉、珍妮和斯塔克斯送他们返回了塔迪斯。此时,塔迪斯的上面已经积了一层薄薄的雪,门把手上还挂着根冰柱,窗户也结霜了。西卢埃特和安菲尼提也跟他们在一起。安菲尼提把帽子拉得很低,这样帽檐就能遮住他空洞的脸了。

"我得说,这次的经历很有趣。"博士说,克拉拉用胳膊肘戳了戳他,"不过,是的,也有危险。"

"那你们现在要去哪里?"珍妮问。

"谁知道呢。"克拉拉说。

"毫无疑问,还有敌人等着你们去消灭。"斯塔克斯说着,用拳头大力地砸向了自己的手掌,"不必心存怜悯,要竭尽全力对他们发起致命一击。"

"好的。"克拉拉说,"就这么办。"

"我们一定会对他们投掷太妃苹果糖的。"博士强忍着笑说。

"再见吧。"瓦斯特拉和博士握了握手,"随时欢迎你们。"

"谢谢。"

"你们也是。"瓦斯特拉对西卢埃特和安菲尼提说。

"你们没问题吧?"克拉拉问。

"他们会没事的。"博士赶在那两人之前回答道,"别小题大做,来。"他说着就打开了塔迪斯的门。

"我们会没事的。"西卢埃特一边说着,一边挽住了安菲尼提的手。

"我不知道我们会去哪里,也不知道我们能做什么。不过,西卢埃特说得没错。"安菲尼提赞同道。

"你们不回嘉年华吗?"克拉拉问。

"也许会回去,"西卢埃特说,"也许我们可以开创自己的事业。未来是一场大冒险,你说是吗?"

"说得好。"博士边回答,边把克拉拉推进塔迪斯,"说得非常好。我们不能在这儿懒散无聊地浪费时间了,真的不行。那就再见吧。"

塔迪斯引擎那独特的声音渐渐消失了,原本沾在警亭上的冰雪都落了下来,只剩下一个空空的方形印记显示这里曾经停放过塔迪斯。

"愿意加入我们吗?"瓦斯特拉问。

西卢埃特摇摇头,"以后吧。现在我们要找寻自己的生活,弄清楚自己究竟是谁,接下来要做什么。"

"谢谢你们所做的一切。"安菲尼提说。

两个手挽手的人走在河边的路堤上。那位女士穿着一身鲜红的长斗篷，兜帽盖住了她的头。那位男士穿着西装，帽子拉得很低。

他们站在霜雪集市上方的路堤上，俯视着结冰的泰晤士河。灯光映在了他们脸上——其中一张脸十分精致而美丽，另一张脸则空洞而虚无。

那张空洞的脸似乎闪了闪。他说话的时候，脸上似乎闪过了无数张面孔。

"你希望我是谁？"他问。

那位女士伸出手，轻轻摸了摸他的脸，"我喜欢的是你这个人，不是你的面孔。"她说，"做你自己就好了。"

于是，他的面部特征渐渐稳定下来，最终变成了一张恋爱中的年轻人的笑脸。

致 谢

小说向来是多方合作的过程,《神秘博士》系列小说更是如此。

因此,我不只要感谢进行编辑工作的史蒂夫·布莱特,还要感谢BBC图书的丽兹·盖斯福德和阿尔伯特·德佩特瑞罗,以及所有参与制作《神秘博士》电视剧和小说的人——尤其是在博士最近一次重生后的工作人员。

希望我们把他塑造好了。